徳間文庫

若殿八方破れ

萩の逃《のが》れ路《みち》

鈴木英治

徳間書店

目次

主な登場人物

真田《さなだ》俊介《しゅんすけ》　信州松代《まつしろ》真田家跡取り。

真田信濃守《しなののかみ》幸貫《ゆきつら》　俊介の父。真田家当主。

大岡《おおおか》勘解由《かげゆ》　真田家国家老《くにがろう》。幸貫の側室《そくしつ》の父。

真田力之介《りきのすけ》　真田家次男。俊介の異母弟。勘解由の孫。

海原《かいばら》伝兵衛《でんべえ》　真田家家臣。俊介の世話役。

寺岡《てらおか》辰之助《たつのすけ》　真田家家臣。俊介の世話役。**似鳥《にとり》幹之丞《みきのじょう》**に殺される。

皆川《みながわ》仁八郎《じんぱちろう》　俊介が修業する奥脇《おくわき》流道場の師範代。道場主は**東田《ひがしだ》圭之輔《けいのすけ》**。

似鳥幹之丞　浪人。辰之助殺害後も俊介をつけ狙う最大の敵。

弥八《やはち》　真田忍びの末裔《まつえい》。

おきみ　病に臥せる母**おはま**の薬を求めに、俊介一行と同道する。

良美《よしみ》　有馬《ありま》家の姫。姉の**福美《ふくみ》**と俊介との間に縁談が進んでいる。

誠太郎《せいたろう》　真田家が借財している、廻船と酒問屋を営む稲垣《いながき》屋の主。

第一章　長府の功山寺

一

垣立《かきだつ》に駆け寄り、おきみが声を上げた。

「ああ、着いたね」

「まだ船は揺れるぞ。おきみ、座っていなくて大丈夫か」

「へっちゃらよ」

振り分け荷物を担ぎ直した真田俊介《さなだしゅんすけ》はおきみの横に立ち、徐々に近づいてくる陸地を眺めた。

「あれが長府《ちょうふ》の町か。海から見ると、また感じがちがうものだな」

長州の国府である長府は、この旅の往《い》きに徒歩で行き過ぎた町だ。

「すばらしい景色にござるの」

垣立に両手をついた海原伝兵衛《かいばらでんべえ》が、潮風を横顔に受けていう。俊介と同じように振り分け荷物を負っている。

うむ、と俊介は深くうなずいた。

穏やかな波に洗われる岩礁《がんしょう》がいくつも見え、その先に黄土色の砂浜が広がっている。砂浜の背後には鬱蒼《うっそう》とした木々に覆われた丘が盛り上がり、その上空を鳶《とび》の群れが鳴きかわしつつ輪を描いていた。丘の最も北側のところには、海の安全を祈念するためか、社《やしろ》らしい建物が築かれている。

長府の湊《みなと》は丘の右手に広がっており、何艘もの大船が帆を休めていた。湊の向こう側に、長府の家並みが連なっている。斜めに射し込む夕日を受けて、町は橙色《だいだいいろ》に染まっていた。

ふと気にかかり、俊介は背後に目を向けた。良美《よしみ》と勝江《かつえ》が、まだ上がってきていないのだ。胴の間をのぞき込むと、背筋を伸ばして正座している良美が、うなだれた勝江に声をかけているのが見えた。

俊介たちは今日の早朝に筑前博多《ちくぜんはかた》から長府へと向かう船に乗ったのだが、この船旅のあいだ勝江は口数も少なく、ずっとうつむいていた。

気持ちはよくわかるのだが、と俊介は思った。一刻も早く、勝江らしい快活さを取り戻してほしかった。

「良美どの」

俊介は小さく呼びかけた。はっとして良美が顔を上げる。聡明さをたたえた目が俊介をとらえ、柔和に細められた。

「じき長府に着く。降りる支度をしたほうがよい」

はい、と答え、良美が勝江をうながした。

丘を回り込み、岩礁がない深みを選んでゆっくり進んだ船は、岸に半町ほどまで近づいて停まった。するすると寄ってきた一艘《そう》の小舟に向かって、俊介たちの船から縄が投げられる。

小舟は、俊介たちの船にぴたりと横付けになった。すぐさま下船がはじまり、俊介たちは小舟に乗って岸に上がった。

「さすがにほっとしますなあ」

地面を踏み締めた伝兵衛が頬《ほお》をゆるめる。

「まだ体が揺れているわ。足元が動いているみたい」

おきみがふらつくような素振りを見せる。

「おきみちゃん、大丈夫」

案じ顔の良美が支えようと手を伸ばした。

ふふ、とおきみがいたずらっぽく笑った。

「良美さん、本当はなんてこと、ないのよ」

「それならいいのだけど」

勝江は顔を上げてはいるものの、うつろな瞳はどこを見ているのか定かではない。

つい先日、故郷の久留米《くるめ》において、幼い頃から恋い焦がれていた正八郎《しょうはちろう》という男が死んだのだ。あまりに唐突な出来事で、勝江は癒やしがたい心の傷を負ったのである。

今はとにかく、と俊介は考えた。ときがたつのを待つしかないのだろう。ときこそが最良の妙薬だ。

「よし、まいろうか」

俊介たちは、長府の宿場を目指して歩き出した。三月以内に江戸へ戻ってくるようにと父の幸貫《ゆきつら》からいわれている急ぎの旅とはいえ、今日は無理をすることなく、長府に宿を求めるつもりでいる。

道は一町ほどで西国街道にぶつかり、旅人の姿が目につきはじめた。湊の付近には宿屋らしい建物はなく、呉服屋や油屋、酒屋、瀬戸物屋、八百屋、かまぼこ屋、うどん屋、煮売り酒屋など商店が軒を連ねている。宿場は、ここから東へ四町ばかり行ったところにあるはずだ。

――おや。

街道を進みつつ俊介は、前からやってくる一人の男に目をとめた。徐々に濃さを増してゆく夕闇の気配に追われるように旅人や町の者たちが急ぎ足で行きかう中、その男は明らかに様子がおかしかった。

歳《とし》の頃は四十半ばか、両手を前に突きだし、左右によろけながら歩いている。口を呆《ほう》けたようにあけ、血走った目は虚空を見つめている。身なりはきちんとしており、大店《おおだな》の奉公人のように感じられた。

大きくふらついた男にぶつかられそうになった若い男が、酔っているのかい、と怒声を発したものの、ぎくりと口を閉じた。

きゃあ。明るい小袖《こそで》を着た娘が叫び声を上げ、震える指で男を指しつつ後ずさる。

足をもつれさせるように歩いて、男が俊介たちの前にやってきた。

むう、と俊介はうなり声を漏らした。

「お、おぬし……」

男に目を当てて伝兵衛が呆然《ほうぜん》という。

「頭に釘《くぎ》が刺さっておるぞ」

きれいに剃《そ》られた男の月代《さかやき》に、一本の釘が深々とくい込んでいる。血はそれほど流れていない。

これはなにかの冗談なのか、と俊介は一瞬いぶかったが、男の顔を見る限り、芝居などしていない。

おきみや良美、勝江も目をみはったまま、言葉がない。

「そなた」

声をかけた俊介は、手を伸ばして男を抱き止めた。俊介の腕の中で、男の首がぐらりと揺れる。男はかろうじて息はしているものの、すでにか細く、今にも途切れそうだ。

「きんいち、ぎん……」

小さく口を動かして男がつぶやく。

「今なんといった」

俊介はただしたが、男の唇はもはやぴくりともしなかった。

「近所に医者はいるか」

かたわらに突っ立つ町人に、俊介はたずねた。医者といえども頭に釘が刺さっている者の手当てが果たしてできるものか、正直わかりかねたが、自分たちではどうすることもできない。

まわりには大勢の野次馬が集まってきており、声高《こわだか》に騒いでいる。

「この先の辻《つじ》のところに、天堂《てんどう》先生というお医者が」

「よし、連れていこう」

「それがしがおぶいましょう」

伝兵衛がしゃがみ込み、背中を見せる。

いや、と俊介はかぶりを振った。

「もうその必要はない」

眉根《まゆね》を寄せて伝兵衛が見上げる。

「では」

「うむ」

死んだからといって地面に横たえるのも申し訳ないような気がして、俊介はそのまま男を抱きかかえていた。

「それがしが代わりましょう」

伝兵衛が申し出る。

「すまぬ」

死骸を伝兵衛に預けて、俊介は野次馬たちを見渡した。

「誰か、役人を呼んできてくれぬか」

ただいま、と答えて一人が着物の裾《すそ》をひるがえした。

夕凪《ゆうなぎ》で風はいつしか絶えているが、満潮なのか、あたりに漂う潮の香りはむしろ強いものになってきている。

「この仏の身元を知っている者はおらぬか」

俊介に声高にきかれて、野次馬たちがざわざわと額を寄せ合う。

「どこかで見たことがあるような顔だとは思うんですけど」

やや肥えた男が俊介にいい、その女房らしい女がたっぷりとした顎《あご》を引く。

「多分この町のお店者でしょうけど、どなたかは……」

「お侍《さむらい》、戸板を借りてきましたよ」

気を利《き》かせた一人の男が、俊介たちの前に手際よく一枚の戸板を置く。

「かたじけない」

俊介と伝兵衛は、戸板の上にそっと死骸を横たえた。

大店の番頭かもしれぬな、と俊介は死骸の顔を見つめて思った。あまり客の前には姿を見せなかったのではあるまいか。

それにしても、と俊介は思った。きんいち、ぎん、とはなんなのか。人の名か。それとも別の意味があるのか。

「——お待たせしました。お連れしましたよ」

役人を呼びに行った町人が、人垣越しに声を発した。

「道をあけろ、あけるんだ」

横柄な声とともに姿をあらわしたのは、岡っ引らしい男だ。目つきが悪く、どこかすさんだような雰囲気をたたえている。岡っ引と呼ぶのは江戸だけで、在所では目明しという呼び方が続いている。

目明《めあか》しの背後に、江戸の町方役人と同じように黒羽織をまとった細身の男がいた。長脇差を一本、腰に帯びているのも江戸と同様である。江戸の同心は刃引きの長脇差だというが、こちらもそうだろうか。

それにしても、と俊介は瞠目《どうもく》した。物腰からして、剣術の腕は相当のものだと思える。自分とやったらどちらが強いだろうか。俺では勝てぬのではないか。そんな気がした。

「ふむ、これが仏か」

かがみ込んだ役人が額に深いしわを刻み、戸板に横たわった死骸を見つめる。

「――おや、この男は」

役人が、横にしゃがんだ目明しを見やる。目明しが、それとわかる程度に首を動かした。

「その仏を存じているのか」

俊介がたずねると、役人が見上げてきた。目明しが、なんだい、この侍は、という顔でにらむ。

「おぬしは」

すっくと立ち上がり、役人が穏やかな声できいた。

「見れば旅のお方らしいが、この仏と関わりがござるのかな」

「頭に釘を刺してふらふらと歩いてきたゆえ、俺は抱き止めた。この男は俺の腕の中で息絶えたのだ」

「おぬしの腕の中で……」

役人が俊介をあらためて見る。この侍はいったい何者だろう、といいたげな思いが目に宿り、すぐに畏敬の念に取って代わったように見えた。

「お名をうかがってよろしいか」

「俊介と申す」

「姓は」

「それはちと障りがあるゆえ、勘弁してもらおう。そなたの名をきいてもよいか」

「それがしは秋枝永兵衛《あきえだえいべえ》と申す」

礼儀正しくいい、永兵衛が頭を下げた。

「長府町奉行所の同心にござる」

萩《はぎ》を本拠とする毛利《もうり》家の分家といえども、長府毛利家は五万石もの石高を誇っている。十万石の真田家のちょうど半分である。町奉行所があるのも当たり前のことだろう。

長府毛利家のあるじは、と俊介は思い起こした。毛利左京亮《さきょうのすけ》という者だ。互いに江戸生まれということで、俊介は左京亮と面識がある。

「こちらは供のお方か」

永兵衛の目が、俊介に寄り添うようにしている伝兵衛やおきみ、良美、勝江に注がれる。永兵衛は良美の美しさと隠しきれない気品に驚いたようだ。

「そうだ」

俊介は答えた。厳密にいえば供は伝兵衛だけだが、おきみや良美たちが一緒に旅をしている事情を語る必要はなかろう。

「それで、この仏は誰なのかな」

俊介は永兵衛にただした。

眉根を寄せ、永兵衛がむずかしい顔をする。

「まことに申し訳ないが、申し上げるわけにはまいらぬ」

そうか、と俊介はいった。

「ならば、これで行くが、よいか」

「いまわの際に、この仏はなにかいっていませんでしたか。たとえば、下手人《げしゅにん》につながるような言葉などでござるが」

「下手人につながるかどうかはわからぬが、きんいち、ぎん、といった。聞きまちがえてはおらぬと思う」

「きんいち、ぎん」

考え込んだが、永兵衛はなにか引っかかるものがあったわけではなさそうだ。

「——俊介どの。今宵《こよい》は、この宿場にお泊まりか」

永兵衛がなにげない口調で問う。

「そのつもりだ」

「宿はお決めに」

「まだだ。そなた、どこかよいところを存じているのか」

「市之《いちの》屋という旅籠《はたご》がよろしいでしょう。新しい宿屋で、風呂も食事も評判ですから」

「ならば、そこにいたそう」

「看板が出ておりますので、すぐにわかりましょう。それがしの名を出せば、便宜を図ってもらえると存ずる」

「かたじけない」

永兵衛に一礼して、俊介たちは宿場に向かおうとした。

「俊介どの」

再び永兵衛の声がかかる。

「これから先、どちらへ向かわれるのでござるか」

振り返った俊介は永兵衛に告げた。

「江戸だ」

「どこからいらしたのでござるか」

「江戸だ。九州に用事があり、その帰りだ」

「ほう、九州に。九州からは船でいらしたのでござるか」

「先ほど着いた船でな」

「明日、出立されるのでござろうが、また船をお使いに」

「いや、陸路を行く」

「船を使われたほうが速いのではありませぬか。足弱《あしよわ》もいらっしゃるようでござるし」

「足弱などではない。たくましいものだ」

「なにか陸《おか》を行かねばならぬわけでもござるのか」

家臣の仇《かたき》を追って江戸を離れたなどと、口にできることではない。

ふふ、と俊介は微笑した。

「なかなか鋭いな」

「俊介どのは、ご身分は」

顔を引き締め、永兵衛が思い切ったようにきいてきた。

「それもいえぬ」

浪人である、といってしまえば楽なのかもしれないが、嘘はつきたくない。それに、もともとの風体からして、どうやってもそうは見えないだろう。

「秋枝どの、ではな」

俊介はきびすを返し、伝兵衛やおきみ、良美、勝江とともに再び街道を歩きはじめた。

永兵衛と目明しが、じっと見ているのが感じ取れた。永兵衛の眼差《まなざ》しは粘りつくようなものではなく、むしろ温かみすら感じられる。

秋枝永兵衛という男は、と俊介は思った。よい同心なのだろう。きっと長府の町人のことを考えて、いつも勤めに精出しているのではあるまいか。

二

もみ手をして番頭が寄ってきた。

「お発《た》ちでございますか」

いくつかの明かりが灯《とも》されているとはいえ、夜明け前ということもあり、旅籠内は暗い。七つ前といった頃合いで、ほかの旅人たちもすでにほとんどが旅立ちの支度をはじめている。旅籠市之屋は、穏やかな喧噪《けんそう》に包まれようとしていた。

「うむ、世話になった」

番頭に告げ、俊介はにこりとした。

「食事もよかったし、風呂もよかった。朝餉《あさげ》を食べられぬのが心残りだ」

その言葉を聞いて番頭が相好《そうごう》を崩す。

「実を申すと、ここには、秋枝どのの紹介で来たのだ。秋枝どのは存じているな」

「もちろんでございます。でしたら、いらっしゃったときにその旨をおっしゃってくだされば、よろしゅうございましたのに」

「なに、暖簾《のれん》をくぐった瞬間よい宿だとわかったゆえ、わざわざ秋枝どののことを持ち出すまでもないと思ったのだ」

「その通りでござる」

俊介の横で伝兵衛が口をひらく。

「奉公人たちの挨拶《あいさつ》やきびきびとした身ごなし、行き届いた掃除を見て、これはすばらしい宿だの、と感じ入ったものじゃ」

「過分のおほめをいただき、ありがとうございます。――ただ今、おにぎりをお持ちいたします。お待ちください」

一礼して番頭が厨房《ちゅうぼう》のほうに姿を消した。

「ここのおにぎりですから、さぞうまいでしょうなあ」

舌なめずりするように伝兵衛がいう。

「前におっかさんがいっていたけど」

顔を輝かせておきみが話し出す。

「おいしくなあれ、おいしくなあれって念じながら握ると、本当におむすびっておいしくなるんだって」

おきみの母親であるおはまは、命に関わる肝の臓の病をわずらっている。病の著効薬である芽銘桂真散《がめいけいしんさん》を長崎で購《あがな》うため、おきみは俊介たちの一行に加わったのだ。そのことを知った有馬《ありま》家の姫である良美がつなぎを取り、俊介たちが久留米に着いたときには芽銘桂真散を入手できる手はずをととのえてくれていた。しかし、飛脚によって長崎から久留米に運ばれる途中、芽銘桂真散は似鳥幹之丞《にとりみきのじょう》によって奪われた。芽銘桂真散を取り戻すため俊介は命を賭《と》して、幹之丞の差し向けた刺客と戦うことになった。

いま芽銘桂真散は、おきみの懐《ふところ》に大事におさまっている。念願の薬を手に入れたことで、最近のおきみには心からの笑みが浮かぶようになっている。

この明るい笑顔を目の当《ま》たりにできるようになっただけで、俊介は命を懸けた甲斐《かい》があったと感じている。

お待たせしました、といって番頭が戻ってきた。いくつかの竹皮包みがのった盆を捧げ持っている。

「こちらでございます」

「かたじけない」

俊介たちは、一つずつ竹皮包みを手に取った。竹皮包みには大ぶりの握り飯がいくつか入っているようで、ずしりとした重みがある。俊介は風呂敷で竹皮包みをくるみ、腰に巻きつけた。伝兵衛も同じことをしている。

「ところで、そなた」

番頭の耳に顔を寄せ、俊介は声をひそめた。

「昨日の一件を聞いているか」

「あっ、はい。釘で殺されたお人ですね」

殺されたか、と俊介は思った。確かに、自分で頭に釘を打つ者はいないだろう。あれが事故のはずもない。

「殺された男が誰か、存じているか」

「若松屋《わかまつ》さんという廻船問屋《かいせんどんや》の筆頭番頭さんとうかがいました」

あの男は廻船問屋の番頭だったのか。

それでは、この町の町人たちが顔をろくに知らないのも当然だろう。気軽に買物に行くような店ではないのだ。

「番頭の名は」

けにはいかない。

俊介はその名を胸に刻み込んだ。この腕の中で息絶えたのだ、決して忘れるわ

「糸吉《いときち》さんと」

「若松屋は大店か」

「長府城下では、屈指の大店でございます。なにしろ、二千石船を所有している

くらいでございますから。赤間関《あかまがせき》にも廻船問屋はいくらでもございますが、この

あたりで二千石船を持っているのは若松屋さんだけではないでしょうか」

二千石船か、と俊介は思った。尾張《おわり》でおきみが蟹江屋建左衛門《かにえやけんざえもん》という男を首領

とする一味にかどわかされたとき、熱田《あつた》湊で津島丸という二千石船を初めて目に

した。公儀によって船の大きさは千石までと決められているはずだが、それでは

積載する量が不十分なほどに海運というものはすでに発展を遂げているのだ。千

石船の二倍の量をいっぺんに目的の地まで運んでもらえるのは、依頼する側にと

ってもありがたいことこの上ないのだろう。

廻船問屋ということになると、考えるのはどうしても抜け荷ということだ。特

に西国で海を持つ国の者たちは抜け荷を盛んに行っているという風聞が絶えない。二千石船ならば、荒海を乗り越えてどこにでも行けるのではあるまいか。

「若松屋には抜け荷の噂《うわさ》はないのか」

「えっ、抜け荷でございますか」

番頭は意表を衝《つ》かれた顔だ。

「手前は一度も聞いたことはございません」

そうか、と俊介はいった。

「ところで、糸吉を殺した犯人は捕まったのか」

いいえ、と番頭がかぶりを振る。

「誰が殺したのか、まだわかっていないようでございます」

「糸吉はうらみを買うような者だったのか」

「それは、手前にはわかりかねます」

「店のほうはどうだ。抜け荷のことは別にして、うらみを買うような仕事ぶりなのか」

「若松屋さんの仕事ぶりは、悪くないのではないかと存じます。この町の毛利さまの御用をつとめているほどですから」

「ほう、そうか。御用商人なのか」

西国の抜け荷は、大名が絡んで行っていることが多いと聞く。若松屋もそうなのではないか。

番頭の顔に気がかりらしいものが浮いていることに、俊介は気づいた。

「どうかしたか」

えっ、いえ、と番頭がややうわずった声を出した。

「なんでもございません」

そうか、と俊介はいった。若松屋に関してまだなにかありそうだが、しゃべりたくないものを、無理に口をひらかせるような真似《まね》はしたくない。

俊介たちは土間に下り、床に置かれた行灯《あんどん》の明かりを頼りに草鞋《わらじ》を履いた。

外に出ると、真っ黒な空に数え切れないほどの星が瞬《また》いているのが眺められた。

梅雨時《つゆどき》ということもあり、じっとりと蒸している。市之屋、と墨書された提灯《ちょうちん》が二つ、軒下にぶら下がっているが、その明かりは暗さに押し潰《つぶ》されそうな頼りなさでしかない。

伝兵衛と勝江も提灯に火を入れたが、闇にわずかな穴をうがっただけに過ぎなかった。

目の前の街道を行きかう旅人はまだ多くはなく、提灯の明かりとともに足音だけがひたひたと闇に響いてゆく。

「世話になった」

番頭に向き直り、俊介は礼をいった。番頭だけでなく、ほかの奉公人もやってきて、ていねいに辞儀を返す。

「またこちらにお越しの際は、是非お寄りください。——お客さま方は、これから功山寺《こうざんじ》に行かれるとのことでございましたね」

「そなたに教えてもらった道は頭に叩き込んであるゆえ、心配はいらぬ」

にこりと笑った俊介は、軽く顎を引いてから歩きはじめた。功山寺へは、西国街道を戻る形で西に向かわなければならない。

俊介の警護役を自任する伝兵衛が、すぐさま横に並んで提灯を少し上げる。

「仁八郎《じんぱちろう》はどうしていますかな」

「まだ大坂で治療を受けているのだろう」

この旅の江戸から広島までは剣の天才である皆川《みながわ》仁八郎という若者が俊介の警衛をつとめていたのだが、頭に難病を患っていることが判明し、名医がいる大坂に向かわせたのである。治療を受けて病が治ったら再び合流するよういってあるが、まだ姿を見せない。治療に専念してくれていればよいのだが、と俊介は祈るような気持ちだ。

「元気になって戻ってくれたら、うれしいですなあ。――俊介どの、市之屋は気持ちのよい宿でしたな」

それにしても、伝兵衛の歩の運びは実に力強くなっている。旅がはじまったばかりの頃とは雲泥《うんでい》の差で、曲がりかけていた腰もしゃきっと伸びている。この分なら、家中一といわれた槍《やり》の腕は戻っているのではあるまいか。是非ともその技の冴《さ》えを見てみたいものだ。もっとも、伝兵衛はこの旅に槍は持ってきていない。

「どこもかしこもあのような宿ならば、旅はもっと楽しいものになろう」

「でも、そうなると、ああいう宿のありがたみが薄れる気がして、それもまた寂しいよ」

俊介の背後を歩いているおきみが口を出す。その後ろに良美と勝江が続いている。勝江は相変わらず口数がない。

ちらりと振り返り、伝兵衛がおきみを優しく見やる。

「おきみ坊、なかなかよいことをいうの。ところで、まだ暗いが、わしと手をつながずとも大丈夫かな」

「うん、へっちゃらよ」

「そうはっきりいわれると、それもまた寂しいの」

あたりを行く旅人は相変わらずまばらだが、俊介たちが歩を進めるたびに、提灯の光輪が少しずつ増えてゆく。

「俊介どの、昨夜の竹輪《ちくわ》は美味でしたな」

「竹輪は久方ぶりに食したが、あれだけうまいのは初めてだ」

「このあたりは竹輪が名物なのかしら」

「城下や宿場にかまぼこ屋が目についたゆえ、そうかもしれぬ。長府は瀬戸内に面している。かまぼこや竹輪づくりに適した魚がいくらでも獲《と》れるのであろう」

「長州を旅しているあいだは、たくさん食べられるのかしら」

「おきみちゃんは好物なの」

良美が後ろからきいた。

「うん、大好き。良美さんは」

「大好物よ」

「私たち、気が合うね」

「本当ね」

良美がほほえむ。その笑顔は暗さの中でも太陽のように輝いている。

おきみ坊、と伝兵衛が呼んだ。

「なあに」

目をくるりんとさせて、おきみが伝兵衛に顔を向ける。

「昔は、竹輪がかまぼこだったのじゃぞ」

「えっ、どういうこと」

不思議そうにおきみが首をかしげる。良美と勝江も、興味を引かれたように伝兵衛を見つめている。

これはよいことだな、と勝江を見て俊介は思った。どういう理由でもかまわないから、勝江に以前のような生き生きとした表情を取り戻してほしかった。

それには功山寺は特によいのではないか。俊介には、そんな期待がひそかにある。

「竹輪のことを、以前はかまぼこといっていたのじゃよ。板つきのものがつくられるようになり、いつしかそれがかまぼこと呼ばれるようになったんじゃ」

「竹輪は、かまぼこという名を乗っ取られたわけね。どうして竹輪は竹輪と呼ばれるようになったの」

「おきみ坊は、竹輪のつくり方を知っているかな。細い竹に魚のすり身を巻きつけて焼いたり、蒸したりするのじゃが」

「竹を使ってつくるから、竹輪なの」

「それがちがうんじゃ。これじゃよ」

伝兵衛が腰の竹筒に触れた。

「竹輪に似ているじゃろう」

「わかった。形が竹とそっくりだから、竹輪なのね」

「そうではないんじゃ。竹輪を切るとき、少し斜めに包丁を入れるじゃろう。その切り口が竹の輪に似ているゆえ、竹輪と呼ばれるようになったんじゃ」

「へえ、そうなの」

首を振って、おきみが感嘆の目を向ける。良美も驚いたという顔をしている。

勝江は何度か首を上下させただけだが、これでも前に比べたらましなほうだ。

「伝兵衛さんは、ほんと、物知りね。知らないことなんか、この世にないんじゃないの」

「まだまだ知らぬことばかりよ」

「ふーん、そうなの。いったいどれだけ覚えれば、この世から知らないことがなくなるものなのかしら」

「そのような日がくることは、あるまいのう。つまり、我らは日々学ばねばならぬということじゃ」

「学問は大切なのね」

「おきみ坊の歳の頃からしっかりやっておくことが、とにかく肝心じゃ」

「江戸に戻ったらがんばるわね。手習所に行かなきゃいけないし。――ところで俊介さん」

おきみが声をかけてきた。

「功山寺というお寺さんになぜ行きたいの。わざわざ後戻りしてまで行きたいだなんて、よほど由緒あるお寺さんなんでしょうね」

「一刻も早く江戸に帰りたいおきみに、わがままをきいてもらい、とてもありがたく思っている」

俊介は穏やかに話した。

「功山寺が長州きっての名刹《めいさつ》であるのはまちがいない。ただ、それだけではない。

功山寺になにがあるかは、着いてからのお楽しみだ」

「俊介さんが自信たっぷりにいうなんて、珍しいね。ほんと、楽しみ」

おきみだけでなく、良美も期待の色を瞳に色濃く宿している。もともと好奇の心が人よりずっと強いのだろう。大名家の姫らしいしとやかさや所作はもちろん身につけているのだが、それ以上に、珍しいことや未知の事柄に強い興味を持つたちなのにちがいない。

勝江の目にも、わずかながら光がたたえられている。

西国街道が鉤《かぎ》の手に左へと折れる。まっすぐ進むことができる細い道も口をあけており、市之屋の番頭からは、この道を行くと長府の武家町に入ると聞いた。武家町を迂回《うかい》するように西国街道は走っているのである。

鉤の手から三町ほど行くと、左側に脇道があった。功山寺と彫られた道標《みちしるべ》が、ひっそり立っている。この脇道が功山寺への参詣道になっているのだ。

脇道を行くと、やがて左側にうっすらと短い石段が見えてきた。その石段の上に、宏壮《こうそう》な門が建っている。

俊介たちは門の前に立った。伝兵衛が提灯をかざす。門は大きくひらかれていた。

「これは総門じゃの」

見上げて伝兵衛がつぶやく。

「総門てなに」

「禅寺で、いちばん外にある門のことをいうんじゃよ」

「功山寺は禅寺なのか」

伝兵衛が意外そうな目を俊介に向ける。

「ご存じなかったか。功山寺は曹洞宗《そうとうしゅう》のお寺でござるよ」

俊介たちは瓦《かわら》屋根のがっしりとした造りの総門をくぐり、わずかに上っている参道を注意深く歩いた。

「ああ、ひんやりして気持ちいい」

おきみが思いきり胸をふくらませる。

「汗が引いてゆくのう」

「なにか空気がちがうような気がします。神秘さが漂っているというのか」

「俺もそう思う。体の中からきれいになってゆく気がする」

「これなら、おむすびもおいしくなるんじゃないかしら」

いたずらっぽく笑っておきみが俊介を見る。その通りだな、と俊介は笑い返した。

参道脇に寄せ合うように植えられているのは、すべて楓《かえで》のようだ。今は新緑だが、秋になれば、さぞ紅葉が見事なのだろう。

参道の左手に小さな祠《ほこら》が設けられ、木造りの地蔵が安置されていた。

伝兵衛がそちらに提灯を向ける。

「優しいお顔……」

歩み寄ったおきみが小さな手を合わせ、一心に祈る。賽銭《さいせん》を投げ入れた俊介も、おはまのことだけでなく、仁八郎と父幸貫のことを合わせて願った。

良美も勝江も合掌《がっしょう》している。勝江は正八郎の冥福《めいふく》を祈っているのかもしれない。

地蔵堂を過ぎ、参道は階段に変わった。それを登りきると、壮大な山門がそびえるように建っていた。建てられてからさほど年月はたっていないようで、古さというものは感じられない。

「これは二重櫓《やぐら》造りという様式でござるの」

山門を提灯で指し示して伝兵衛がいう。

「二階に回廊のめぐる楼がござるな。あの楼の中には、お釈迦《しゃか》さまと十六羅漢《じゅうろくらかん》像が安置されているはずでござる。お寺によってちがうという話は聞きますが、たいていはそういうふうになってござる」

「楼の中を見ることはできるのか」

「まず無理でございましょうな」

山門を抜けると再び短い階段があり、それを上った。

暗さの中に視野が大きくひらけた。正面に、巨大な建築物の影が浮かび上がっている。梅雨の頃とは思えないほど、清澄な風が吹いていた。

その風を俊介は思いきり受けた。すがすがしい気持ちになってくる。

「あれが本堂か」

「俊介どの」

小声で呼んで伝兵衛がたしなめる。

「本堂でもまちがいないのでござるが、禅寺の場合、そういう呼び方はあまりいたしませせぬ。仏殿でござる」

「仏殿。そうなのか」

「俊介どのは、まこと浅学であらせられる」

「まったくだ。もっと学問に励まねばならぬ。おきみに負けていられぬ」

俊介たちは仏殿に向かって歩みを進めた。

仏殿の扉は固く閉じられている。

「この仏殿は今から五百年ばかり前、鎌倉に幕府がひらかれたときに建立《こんりゅう》されたものでござるよ」

「いかにも歴史の重みがありそうな建物よな」

「檜皮葺《ひわだぶき》の屋根の丸みが美しい……」

うっとりしたように良美がいう。

「良美どののおっしゃる通りにござる。この二層の屋根は、まこと、見事な曲線を形づくっておる」

「俊介さんが見せたかったのはこの建物なの」

仏殿を見上げておきみがきく。

「いや、そうではない」

「じゃあ、この中にいらっしゃるご本尊」

「それもちがう」

俊介は仏殿の横の建物に目をやった。

「俺が見せたいものは、そちらの建物にあるはずだ」

「どうやら法堂のようですな」

俊介たちは法堂の前に進んだ。建物自体、仏殿よりもかなり広い。右側に法堂と一続きの建物があり、そちらが庫裏《くり》になっているようだ。庫裏の玄関が見えているが、人けは感じられない。

「ここで座禅を組むのでしょうな」

法堂の中をのぞき込んで伝兵衛がいった。入口はあけ放たれている。優に百畳は超えているであろう畳敷きの広間が、目の前に広がっている。俊介たちから見て正面の壁の高い位置に棚が設けられ、二本のろうそくがかすかに炎を揺らせている。そのあいだに小さな仏像が安置されていた。

あった、と俊介は心中で点頭した。

「俺の目当ては、あの仏さまだ」

「えっ、ずいぶん小さいね」

意外そうにおきみが目を見ひらく。

「でも、なにかすごい……」

良美が呆然としたようにつぶやく。

「本当ですね」

瞠目して勝江が言葉を続ける。

「あの仏さま、なんらかの力を発していらっしゃるようです」

同じように俊介も感じている。

「中に入らせてもらおう。寺の者に断ったほうがよいのだろうが」

「禅は、来る者拒まず去る者追わず、の心ですから、勝手に入っても咎《とが》められはせぬでしょう」

俊介たちは五段ばかりの木の階段をのぼり、草鞋を脱いで法堂に上がった。優しげな笑みを浮かべている仏像に近づき、横一列になって畳の上に正座する。

俊介たちはこうべを垂《た》れて仏と相対し、目をつぶった。

「すごい」

おきみがあたりをはばかるようにささやく。

「こうしていると、見えない力で後ろに押されるのがよくわかる」

「本当ね。仏さまが放つ力が頭に当たるものだから、顔を下げているのに、いつの間にか顎が持ち上がってしまう」

「それがしも、額に熱を当てられているような心持ちでござる」

うむ、と俊介はうなずいた。

「気の波というべきものが届いているな」

「あの仏さま、あんなに小さいのに、どうしてこんなすごい力をお持ちなのかしら」

信じられないという口調でおきみがいう。

「本当にすごいな。体が熱くなってきた」

「俊介さんは、どうしてこの仏さまのことを知っていたの」

「それがしも聞きたい」

良美と勝江も、俊介の言葉を待っているような顔つきだ。

「百年ばかり前のことだ――」

軽く息を吸ってから俊介は話し出した。

「我が家中の者がこの寺を訪れた。その者は許しを得て剣術の廻国修行中だったのだが、あの仏さまのことを、驚きをもって旅日記に書き留めたのだ。俺はそれを以前、読んだことがある」

「それで、仏さまのお力が本当なのか、確かめに来たというわけね」

「旅日記の記述を疑ってはおらなんだ。だが、これは予期した以上だな」

「本当ね。体の奥から力が湧《わ》いてくるもの」

「わしは、枯れていた体がみずみずしくなった気がするぞい」

「よかったね、伝兵衛さん」

「軽く十は若返ったの」

「あたしがそんなに若くなったら、この世からいなくなっちゃうね」

勝江の様子はどうだろうか。わずかに顔を動かし、俊介は目をひらいてちらりと見た。

仏像を見つめて両手を合わせ、勝江は涙を流していた。とめどなく目からこぼれ出た涙が、頬を伝ってゆく。

存分に泣けばよい、と俊介は思った。そうすることで、少しでも悲しみが癒えてほしい。

良美は仏像に目をじっと向けつつも、勝江の背中を優しくなでている。

「ありがとうございました」

深々と頭を下げて勝江が俊介に礼をいう。

「思い切り涙を流して、なにか吹っ切れたような気がします。もちろん正八郎さんのことを忘れたわけではありませんし、忘れられるはずもありませんけど、今日からは前を向いていけると思います」

その言葉を聞いて、良美も首を縦に振っている。

正座したまま俊介は背後を振り返った。まだあたりは暗いが、空はかすかに白んできている。今がまさに明け六つだろう。夜はその衣を落としつつあり、境内《けいだい》はだいぶ見通しが利くようになった。俊介たちは、この法堂に半刻《はんとき》近くいたことになる。

「よし、そろそろ行こうか」

「そういたしましょう」

伝兵衛が俊介に元気よく答えてみせる。俊介には、もっとあの仏像の力を受けていたいという気持ちはあるものの、いつまでもここにいるわけにはいかない。

後ろ髪を引かれるような心持ちで法堂を出、俊介たちは山門に向かって歩きはじめた。

「そういえば、こちらのお寺は大内家終焉《しゅうえん》の地ですな」

「大内家ならば、俺も知っている。戦国の世に長州、防州で勢威を誇った大名だ。毛利家に追われ、ここで最後の当主である義長《よしなが》公が自害されたはずだ」

「墓所もこちらにございましょう。大内家が滅びた当時、このお寺は長福寺という名だったそうにござる」

「それがなぜ功山寺になったの」

おきみが目を輝かせてきく。

「このお寺は長府毛利家の菩提寺《ぼだいじ》でもあるのじゃが、長府毛利家初代の秀元《ひでもと》公の法号である『智門寺殿功山玄誉大居士』から取ったのじゃよ。大内家を滅ぼした毛利家としては、気分を一新したかったのではないかな」

「ふーん、そういうこと」

「義長公の墓所はどこにあるのかな」

「さあて、どこでござろうか。仏殿の裏手あたりでしょうかの」

俊介たちは仏殿の前に差しかかった。

――むっ。

なにか肌を刺すようなものを感じた。いつの間にか、境内には殺気のような物々しさが漂っている。

――刺客か。

腰を落とし、俊介は鯉口《こいぐち》を切った。

「仏殿の陰にござる」

同じように気づいた伝兵衛が刀に手を置いてささやく。俊介はそちらに目を向けた。

伝兵衛のいう通り、仏殿の壁に身を寄せている二つの人影がほの見えている。

顔ははっきりとしないが、いいとはいえない目つきでこちらを見つめているのが知れた。

だが、二人が俊介に対して殺気を放っているようには思えない。

「何者でござろうか」

二人の侍に目を向け、わずかに息をついて伝兵衛がつぶやく。

「むろん油断はできませぬが、俊介どのの命を狙う輩《やから》ではないようにござる」

二人とも身なりは悪くない。れっきとした侍だろう。俊介は刀を静かに鞘《さや》に戻し、背筋を伸ばした。

「長府毛利家の者かな」

「おそらくさようにござろう」

良美や勝江、おきみも薄気味悪そうに二人を見ている。

「伝兵衛。まだほかにも七、八人はひそんでいるようだな」

「おっしゃる通りにござる」

二人一組になった侍の影が、大木や灯籠《とうろう》、鐘楼の陰、そして法堂の脇に見えている。総勢で十人ばかりの侍が、この境内にひそんでいた。

いったいなんの目的で、この者たちは目を光らせているのか。

俊介たちがこの寺に来たときにはいなかった。法堂で仏像と相対しているあいだに、やってきたのだ。

誰かを待っているのか。

この刻限に、誰が来るというのだろう。

考えられるとしたら、長府毛利家の者か。菩提寺ならば、長府毛利家の歴代当主の墓があるはずだ。侍たちは、墓参に来る家中の要人を狙っているのだろうか。

気になる。気になって仕方ない。

我慢しきれず、俊介は大木の陰にいる二人に歩み寄った。

「ここでなにをしている」

穏やかに語りかけたが、二人の侍は明らかに不機嫌な顔になり、俊介をにらみつけた。去ね、というように一人がうるさげに顎をしゃくる。

案の定、答える気はないようだ。

「ということは、あまりよいことを行うのではないのだな」

それに対してもなにもいわず、二人の侍は俊介をねめつけているだけだ。

さて、どうしようか、と俊介が考えたそのとき、からり、とかすかな音が聞こえた。

俊介がさっとそちらを見ると、庫裏の玄関があき、小さな影が二つ、外に出てきたのが見えた。女の子のようだ。歳は二人とも十前後か、こわごわと身を寄せ合っている。その後ろに、小柄な僧侶がつきしたがっていた。

その瞬間、俊介の肌が粟立《あわだ》った。侍たちが殺気立ったのが伝わったのだ。侍たちの狙いは、あの二人の娘ということか。僧侶はこの寺の住職ではないだろうか。

さっと着物の裾をひるがえして、十人の侍が物陰から一斉に飛び出す。目の前の二人も俊介を押しのけるように走り出した。

突進してくるいくつもの影にいち早く気づき、住職が二人の女の子をかばうように両手を広げて進み出た。

二人の娘はおびえたようにさらに身を寄せ合う。二人は手甲《てっこう》をし、脚絆《きゃはん》を臑《すね》にまとっている。二人とも、人形のようにかわいらしい顔をしているのが遠目でもわかった。

あっという間に庫裏の前に達した十人の侍は、二人の娘の逃げ場を封ずるように半円を描いて立ち並んだ。

「そこな二人、一緒に来てもらうぞ」

一歩前に出た痩身の侍が二人の娘に向かって鋭い声を放つ。

「捕らえろ」

他の侍たちに向かって、さっと手を振った。それに応じて、四人の侍が二人の娘を捕まえようとする。

「おやめください」

侍の前に立ちはだかった僧侶が、凛《りん》とした声を出した。

「おどきなされ」

がっちりとした体軀《たいく》の侍が、僧侶を手で乱暴に押した。僧侶はよろけたものの、すぐに体勢を立ち直らせた。

「長府さまのご家中であろうが、拙僧《せっそう》にこのような真似をして、ただで済むとお思いか。左京亮さまより鉄槌《てっつい》が下されるであろうぞ」

左京亮といえば、と俊介は走りながら思った。長府毛利家の当主である毛利左京亮のことにちがいあるまい。

だが、侍たちは聞く耳持たぬという顔だ。僧侶を無視して、二人の女の子を捕まえようとする。

「待てっ」

叫びざま、俊介は侍たちと二人の娘とのあいだに割り込んだ。すぐに二人の娘を背中に回らせる。

「何者っ」

侍たちをまとめているらしい痩身の男が、俊介を見つめて誰何《すいか》する。

「旅の者だ」

「旅の者がなんの用だ」

「大勢の侍が、よってたかって二人の娘をかどわかそうとしている。見過ごしにできるわけがない」

「邪魔立てするか」

いつでも刀を抜ける姿勢を取って、痩身の侍がすごむ。歳は三十半ばか、鼻筋が通り、眉が太く、彫りが深い。ととのった顔立ちをしているが、瞳の色が妙に淡く、それがずいぶんと酷薄そうに見える。剣の腕はまずまずというところで、驚くほどの腕ではない。

俊介は痩身の侍に目を据えつつ、おきみや良美たちの姿を視野の中に捜した。三人は山門近くにいて、こちらをじっと見ている。おきみは、はらはらしているようだ。良美の顔に不安そうな色はなく、毅然《きぜん》さが伝わってくる。俊介を信頼しているのだ。

「おぬしら、なにゆえこの娘たちをかどわかそうとする」

「きさまに説明する必要はあるまい」

痩身の侍が他の侍を見回す。

「二人を捕らえよ。この者が邪魔するなら、かまわぬ、叩きのめせ」

「おう」

声を合わせた侍たちが、目を血走らせて殺到する。数をたのんで俊介をなめているのか、刀を抜く気はないようだ。

俊介は、最初に突っ込んできた小柄な侍の顎を拳《こぶし》で殴りつけた。侍は、うっ、と声を上げて地面に転がった。次いで突進してきた固太りの侍の首筋に、手刀を浴びせる。侍はうなり声とともに崩れ落ちた。三人目の長身の侍には、体を回転させざま、腹へ蹴りを入れた。げぼっと吐くような声を出し、侍は腹を押さえてうずくまる。

「おのれっ」

あっという間に三人が地面に這《は》いつくばったことに目をみはった痩身の侍が怒声を放つ。

「斬《き》れっ、かまわぬ、斬り捨ていっ」

その命に応じ、六人の侍が抜刀した。抜き身を向こうに回しては、さすがに素手では相手にならない。

俊介も刀を抜き、正眼《せいがん》に構えた。光を帯びる六振りの真剣を前にしても、気持ちは平静を保っている。落ち着いていている。これなら大丈夫だ、と確信が持てた。

この者らに俺がやられるはずがない。

とおっ。気合を入れて丸顔の侍が斬りかかってきた。刀がうなりを上げて落ちてくる。

恐怖に身が包まれる。だが、負けていられない。俊介は相手以上に深く踏み込み、刀を小さく振った。

俊介の刀は、侍の手の甲を鋭く打った。ぎゃあ。丸顔の侍が悲鳴を上げ、同時に手から血がしたたり落ちる。丸顔の侍の顔から瞬時に戦意が消えた。

よろめいて退いた丸顔の侍に代わり、背の低い侍が下段から刀を振り上げてきた。俊介の目には、その刀の動きははっきりと映っている。横にすっと足を運んで、刀を軽く振り下ろした。

うぐっ、と背の低い侍が声を漏らし、自らの手を見る。丸顔の侍と同じように、やはり手から血が出ていた。あわてて指で押さえたところから血があふれ出してゆく。うぐう、とうなって後ろに下がった。

両肩が張った侍が土をにじって前に出、えい、と気合をかけて刀を振り下ろす。

そのとき横から影が突っ込んできて、侍のがら空《あ》きの胴を刀で打ち据えた。

どす、と音がし、うっ、と両肩が張った侍がうめく。苦しげに顔をゆがめ、放り投げるように刀を手放した。両手で腹を抱えてしゃがみ込む。しばらく息ができなくなったようだが、激しく咳《せ》き込むや、ひたすらあえぎはじめた。

「きさまら、まだやるか」

俊介の前で仁王《におう》立ちになった伝兵衛が、いまだに刀を構えている三人の侍をにらみつけ、腹を揺るがすような大音声《だいおんじょう》で怒鳴る。三人の腰が引ける。

瘦身の侍が、仲間がいたのか、という顔をし、唇をぎゅっと引き結ぶ。

「まだやるというのなら、このわしが相手になるぞ。どうだ」

伝兵衛が刀を大上段に振り上げ、一歩、二歩と前に進む。気迫が全身に充満している。

「引けっ」

伝兵衛の気迫に明らかに押されて、瘦身の侍が命ずる。無傷の者が、傷を負った者を抱きかかえる。よろよろと侍たちは動きはじめた。最後までその場に残った痩身の侍は俊介と伝兵衛に目を当て、きさまらの顔は決して忘れぬ、という決意を心に彫り込んだような顔をした。くっ、と悔しげに奥歯を噛《か》み、きびすを返すと、小走りに山門を出ていった。

「俊介どの、お怪我は」

ふう、と大きく息を吐き出した伝兵衛が、刀を手にしたままきく。

「うむ、なんともない。伝兵衛、そなたの刀は折れておらぬか」

伝兵衛は、両肩が張った侍に峰打ちを浴びせたのだ。峰打ちは刀が振りにくくなるし、人の体を打っただけで刀身が折れることもある。よほどの腕でないと、できぬ技だ。

「なに、なんともありませぬ」

にやりとして伝兵衛が刀を鞘にしまう。

「俊介さん、伝兵衛さん」

呼びかけて、おきみが駆け寄ってきた。良美と勝江が後ろに続いている。

青い顔をしたおきみが、ぶるりと身を震わせる。

「二人とも大丈夫なの。あたし、どきどきしちゃった。やっぱり真剣て怖い」

俊介は優しく抱き寄せた。小さな頭をそっとなでる。

「おきみ、心配させたな。だが、俺も伝兵衛もなんともない。安心してくれ」

良美も、さすがにほっとした顔を隠せずにいる。勝江も胸をなで下ろしている。

「おや」

いぶかしげな声を発して、伝兵衛があたりを見渡した。

「娘っ子が二人ともおりませぬな」

俊介もまわりを見たが、確かに二人の姿はどこにもない。

少し離れたところに僧侶が一人、ぽつねんと立っている。足早に歩み寄り、俊介はたずねた。

「こちらの住職でござろうか」

「さようにございます」

深みのある声で僧侶が答えた。

「神聖なる境内で刃物を振り回し、まことに申し訳ないことにござった」

「いえ、致し方ない仕儀でございましょう。二人の娘をお助けいただき、まこと、ありがとうございました」

僧侶が深々と頭を下げる。

「住職、今の侍たちは長府の毛利家の家中でまちがいござらぬか」

「おそらくは」

「二人の娘は」

「長府のとある商家の娘でございます」

「とある商家というと」

住職が俊介を見つめる。

「助けていただいたのに、まことに申し訳ございませんが、それを申し上げるわけにはまいりません」

そうか、と俊介はいった。

「二人とも旅姿をしていたが、どこかへ向かおうとしているのだな。どこへ行こうというのだ」

「それは……」

すまなそうな顔で住職が俊介を見る。

「話せぬのか」

「そうではなく、拙僧は知らないのでございます。二人に教えてもらえなかったものですから。拙僧に迷惑をかけたくないと申しましてな」

「あの歳で、なんとけなげなものよ。旅支度は二人が自らととのえたのか」

「さようにございます。拙僧は少しだけ手伝いましたが」

俊介は山門のほうへ目をやった。姿を消した二人の女の子のことが気にかかる。年端《としは》もいかぬ二人が、いったいどこに行こうというのか。あの侍たちは、また二人を狙うのではあるまいか。だが、俊介たちにはどうすることもできない。弥八《やはち》がいればちがうのだろうが、このところまた姿を見せずにいる。

「とにかく二人で行くといい張りましてな」

少し寂しそうに住職が語る。

「拙僧では、二人に護衛をつけることもままなりません」

「それにしても、あのような幼い二人が、なにゆえ長府毛利家の侍に追われなければならぬ。追われたゆえ、家である商家を出てきたということか」

情けなさそうに住職がうなだれる。

「それも話してもらえませんでした。拙僧は茶の湯を通じて二人の父親と親しくしておりましてな。二人は、なにかあったら拙僧にかくまってもらうように、と父親にいわれていたらしいのですよ」

「もしや父親は故人か」

「さようでございます。一年前に急死されまして」

急死か、と俊介は思った。

「それで住職は二人をかくまったのだな。二人はいつやってきた」

「昨夜でございます」

軽く首をひねり、俊介は顎をなでた。

「住職が父親と親しかったのは、誰もが知っていることか」

「誰もがということはないでしょうが、仲よくさせていただいておりました」

「二人の娘の父親は、病で亡くなったのか」

「いえ……」

口ごもった住職があたりをはばかるように声を低くする。

「押し込みに入られ、夫婦ともども殺されたのでございます」

「押し込みは金を奪っていったのか」

「三千両もの大金を取られたと、聞いております」

「犯人は」

「町奉行所の方々は必死に探索をされましたが、いまだに」

「押し込みは一人ではないな」

三千両もの金は、一人ではとても運べるものではない。

「さようでございましょう。ただ、何人かもわかっておりませんようで」

「あるじ夫婦以外に賊に殺された者は」

「幸いにも、二人の娘は難を免れました。奉公人にも犠牲は出ませんでした。

——ここまで申し上げたのですから、もう店の名もよろしいでしょう。若松屋といいます」

「若松屋だと」

俊介は大きく目をひらいた。伝兵衛やおきみ、良美たちも同様だ。そういうことだったのか、と俊介は心中で合点した。このことを市之屋の番頭は口にしなかったのだ。人の死に関わることで、軽々に口にはできなかったのではあるまいか。

「ご存じでしたか」

「この町の廻船問屋だと聞いた。――住職、その様子では存じないようだな」

「はて、なにをでございましょう」

「糸吉という番頭が殺されたことだ」

「ええっ、番頭さんが」

驚愕《きょうがく》の色を顔に刻んで、住職は口を貝のようにあけた。ごくりと息をのむ。

「糸吉さんといえば、筆頭番頭として店を切り盛りしていたお方でございます。いつ殺されたのでございますか」

「昨日の夕方のことだ」

「犯人は」

「まだ捕まっておらぬと思う」

「糸吉さんは、どんな殺され方をしたのでございますか」

糸吉の死顔がまざまざと俊介の脳裏に迫り、喉元《のどもと》に苦いものがせり上がってきた。俊介は手短に説明した。

「釘を頭に刺されて……」

住職の顔から血の気《け》が引く。

「住職、これまでにそんな殺され方をした者に心当たりはあるか」

いいえ、と住職が小さく首を振る。

「そのような酷《むご》い死に方は、一度も聞いたことはございません」

そうであろうな、と俊介は思った。

「ここに来た二人の娘は、糸吉の死を知っていたのだろうか」

「さて、どうでしょうか。知っているようには見えませんでしたが……」

「二人の娘の出奔と糸吉の死には、つながりがあるのであろうな」

「さようにございましょう。無関係と考えるのは無理でしょう」

深刻そうな顔で住職が顎を引く。

これ以上、住職にたずねることもないように思われた。俊介は暇乞《いとまご》いをしようとした。

「あのお侍、お名をお聞かせ願えますか」

去ろうとする俊介の気配に気づいたようで、住職が問うてきた。

「俺は俊介と申す」

「姓は、なんと」

「申し訳ないが、それはいえぬ」

わずかに意外そうにしたが、すぐさま住職はうなずいた。

「さようでございますか。なにか差し障りがあるということでございますな」

気を悪くした様子はない。むしろ仏のような穏やかさをたたえて、住職が居住まいをただす。

「俊介さま。勝手なお願いを申し上げますが、お聞きいただけますでしょうか」

「うむ、聞こう」

「もし俊介さまたちが先ほどの二人の娘に会うようなことがあれば、是非とも二人を魔手から守っていただきたいのでございます」

「承知した」

一瞬のためらいも見せることなく、俊介は即答した。

「また二人に会うことがあれば、必ず守ろう。住職、二人がどこに向かったのか、見当すらつかぬのか」

「もしかすると、萩かもしれません」

関ヶ原の戦いののち大幅に領地を削られたとはいえ、三十六万石余の大大名毛利宗家の居城がある町だ。城は、五層の宏壮な天守を誇っていると聞いている。

「二人は、萩に知り合いがいるのか」

「拙僧は聞いたことはございませんが、父親の仕事の関係で、あの町に頼る人がいるのかもしれません」

萩か、と俊介は思った。長府と同じく長門《ながと》国内の町ではあるが、山陰に位置している。自分たちが進んでゆく西国街道は、山陽を通っている。二人の娘が本当に萩を目指すつもりなら、西国街道を行っては二度と会うことはないのではないか。

二人を追って、萩に向かうべきか。だが、おきみは、一刻も早く江戸で待つ母親のおはまに芽銘桂真散を飲ませたいだろう。萩に行っていては、相当の日にちを費やすことになるにちがいない。

「二人の名は」

気持ちが定まらないまま、とりあえず俊介は住職にたずねた。

「おまおとおかなと申します」

姉のおまおが十一で、おかなが二つ下とのことだ。

「俺たちは、西国街道を江戸へ向かうつもりでいる。もしその途中におまおとおかなの二人に会えば、必ず守るようにいたそう」

折衷案のようなこと以外、今の俊介にはいえなかった。

「それで十分でございます。よろしくお願いいたします」

住職が深く腰を折った。

「住職、若松屋の場所を教えていただけるか」

「お安いご用でございます」

住職が話す。若松屋の場所を頭に入れて、俊介は住職にただした。

「住職は大丈夫か。やつらが仕返しに来ぬか」

「心配ご無用」

住職が真剣な顔を崩さずにいう。

「いくらなんでも、拙僧に手出しするような真似はいたしますまい」

先ほどの侍が長府毛利家の家中の者だとして、確かに菩提寺の住職に対し、狼《ろう》藉《ぜき》をするとは考えにくい。

功山寺をあとにした俊介たちは、再び西国街道に出た。

「誰かついてきておりますな」

西国街道を進みはじめて半町も行かないときに、伝兵衛が俊介にささやきかける。

「先ほどの連中だな。二人か」

「どうやらそのようにござる。引っ捕らえますか」

「事情を吐かせるか。だが、吐くまいな。やつらは、邪魔立てした我らがどう動くか、気になっているだけだろう。放っておけばよい」

つややかな太陽が正面に昇り、明るさを取り戻した長府の町の賑《にぎ》わいが目に入ってきた。

「おや」

向こうから足早に歩いてきた男に、俊介は目をとめた。

「あれは秋枝どのではないか」

「ああ、俊介さま」

一間《けん》ほどまで近づいた永兵衛が足を止め、一礼する。昨日の目明しが付きしたがっており、ていねいに腰を折った。

「まだ長府にいらしたのか」

永兵衛がうれしげにいう。笑顔がどこか幼子のようで、遣い手という感じがこういうときは薄れる。

「功山寺に行っていた」

「さようか。あのお寺は、長州でも屈指の名刹でござる。仏殿がすばらしかったでございましょう」

「うむ、その通りだ」

法堂の仏のすごさについて、永兵衛は知らないようだ。地元の者がその貴重さに気づいていないことは、多々ある。あり過ぎるくらいだ。

「その後、進展は」

声をひそめて俊介はたずねた。

「いえ、あまりありませぬな」

無念そうに口を引き締めて永兵衛が答えた。

「秋枝どの、聞きたいことがあるのだが、よいか」

歩を進めつつ、俊介は永兵衛に真剣な目を当てた。

「なんなりと」

「噂で聞いたのだが、殺された者は糸吉というそうだな。若松屋という廻船問屋の筆頭番頭とのことだな」

「ふむ、噂でござるか。人の口に戸は閉《た》てられませぬな」

「若松屋は、二千石船を所有しているほどの大店だというではないか。それほどの大店の筆頭番頭が、ただの一人で歩いていたのか。供の者はいなかったのか」

「それについては、それがしも疑問を持ちまして、調べてみました。糸吉に供はついていなかったようです」

「なにゆえそのような仕儀になった。奉公人が一人や二人の店ならともかく、若松屋は番頭が何人もいるような大店ではないのか」

「さようにござる。実は、若松屋には二人の娘がおりましてな」

「その二人は、行方知れずになっているのだろう。おまおとおかなだ」

えっ。永兵衛がまじまじと俊介を見る。目明しも驚きを隠せずにいる。

「なぜ俊介どのは、そのことをご存じなのでござるか」

「実はな」

功山寺での出来事を、細大漏らさず俊介は語った。

永兵衛が目をむく。

「なんと、功山寺において、おまおとおかなが十人の侍に襲われたですと」

「その通りだ。――糸吉が一人でいたのは、もしやおまおとおかなの二人を捜しに出ていたゆえか」

「さようにござる。店の者たちで手分けして、二人の行方を捜していたのでござるよ。しかし、二人を襲ったその十人の侍というのは何者でござろう」

「長府毛利家の者ではないのか」

功山寺の住職の言葉を念頭に俊介はいった。

「我が家中の者でござるか。もしそうだとして、我が家中の者がなにゆえ、おまおとおかなを襲ったのでござろう」

「あの者どもは、明らかに二人をかどわかそうとしていた」

「かどわかして、どうするつもりなのか」

呆然としたように永兵衛がつぶやく。

秋枝どの、と俊介は歩きながら呼んだ。

「おまおとおかなは、いつ若松屋から姿を消した」

顔を上げ、永兵衛が俊介を見る。

「昨日の朝には、どうやらいなくなっていたようでござる」

「姿を消したわけは」

「わかりませぬ」

「一年ばかり前、若松屋は押し込みに入られたそうだな」

「それも噂で聞かれたのでござるな。その通りにござる。あるじ夫婦が殺されもうした」

「二人の失踪は、その押し込みと関係ないのか。押し込みどもは、いまだに捕まっておらぬのであろう」

「さようにござる」

悔しそうに永兵衛がうなずく。

「押し込みの手口は、どのようなものだったのだ。若松屋は大店ゆえ、戸締まりも厳重だっただろうに」

「もちろんでござる。ただし、一年前の押し込みに関しては、戸締まりはほとんど関係なかった。なにしろ、屋根から天井を破られたのでござるから」

苦い顔で永兵衛が言葉を続ける。

「若松屋の家人が暮らす母屋《おもや》は宏壮で、それがあだになりもうした」

「屋敷が広すぎて、屋根を破る音が聞こえなかったのか」

「どうやら賊どもは、人目を盗んで何度か屋根に上がっては、瓦や屋根板に細工を施していたようでござる。賊どもが破ったのは、屋敷の北側の、いつもほとんど人けのない場所でござった」

用意万端ととのえた賊どもは、満を持して若松屋に入り込んだのだろう。

「北側の屋根を破って侵入した賊どもは、あるじ夫婦の部屋に向かい、おそらく夫婦を脅して内蔵の鍵を奪いました。あるじの弦右衛門《げんえもん》どのは豪毅な男でござったが、鍵を渡さねば女房を殺すとでもいわれたのでありましょう。その後、口封じのためか二人を殺し、賊どもは内蔵にしまわれていた三千両の金を我が物にしたのでござる」

「夫婦を殺したのは、顔を見られたからか」

「あるいは、顔見知りだったか。その点については、徹底して調べもうした。だが、結局は今に至るまで、はっきりしたことはわかっておりませぬ」

うむ、と俊介は顎を引いた。

「屋根を破るというやり口は、そうはないだろう。手口から賊の目星はつかなかったのか」

「少なくとも、長府ではその手の手口は初めてでござった。毛利家領内でそのような押し込みが行われたことがないか、調べてみもうしたが、痕跡はありませなんだ」

そうか、と俊介はうなずいた。

「内蔵と夫婦の部屋は近かったのか」

「隣にござる」

「賊どもはどういう経路をたどって逃げた」

「裏口から堂々と出ていったようにござる」

「そのあいだ、奉公人は一人として気づかなかったのか」

「奉公人たちの部屋は夫婦の部屋とは離れておるゆえ、気づかぬのも無理はなかったでござろう」

「おまおとおかなの部屋も遠かったのか」

「少しだけにござる。しかし、惨劇のあった晩は、二人ともいつものようにぐっすり眠っていたようにござる」

幼い頃は、と俊介は思った。とにかく眠りが深いものだ。なにか危険を知らせる兆しを感じていたのならともかく、いつもの平穏な日常が続いていたのなら、ちょっとやそっとの物音では、まず目を覚ますまい。

「内蔵に三千両もの金がしまわれていたのは、誰もが知っていたのか」

「誰もがということはないでござろうが、若松屋は大店ゆえ、大金が店内にあると考えるのは、むずかしいことではござらぬ」

「外に蔵はないのか」

その問いの答えを聞く前に、俊介はつと足を止めた。

「ここが若松屋だな」

宏壮な二階屋である。間口は十間ほどあるが、ふだんなら暖簾のかかっているはずの入口はせいぜい二間ばかりと、さほど広くはない。一丈ほどの高さを持つ塀が、ぐるりをめぐっている。建物の右側に若松屋とくっきりと彫られた木の看板が下がっているが、その真下に狭い路地が口をあけており、そこに俊介が足を踏み入れて全体を眺めてみた。建物は優に半町以上の奥行きを誇っている。

大きな蔵も二つ、視野に入っている。

「あの二つの蔵には、大金はしまわれていなかったのか」

そばに来た永兵衛に、俊介はたずねた。

「今もしまわれているようでござる」

「一年前、外の蔵にいくら入っていたか、秋枝どのは存じているか」

「二つ合わせて、一万両はあったのではないかといわれておりもうす」

「それを賊は盗《と》らなかったのか」

「弦右衛門自身、危険をできるだけ分散しようとしていたようでござる」

「確かに同じところにしまっていたら、全部盗られてしまおうな」

だが、いくら商人の命が金だといっても、財産のすべてをなげうって生きたほうが弦右衛門自身、よかったのではあるまいか。命あっての物種という言葉もある。

少し息を入れて、永兵衛が続ける。

「蔵の鍵は弦右衛門が肌身離さず持っていたらしく、それを得るために、どのみち屋内に入らねばなりませぬ。内蔵の三千両を手に入れて、賊どもは満足したのであろう、という結論に我らは至りもうした」

目の前の若松屋は静かなもので、人けは感じられない。糸吉という筆頭番頭をあのような形で失って、休業しているのだろう。

「糸吉の通夜は終わり、今頃は総出で墓場に行っているのでしょう」

永兵衛が説明する。俊介は目を閉じ、この腕の中で息絶えた男の冥福を祈った。

そんな俊介を、伝兵衛だけでなく、おきみ、良美、勝江がじっと見ている。

それを俊介は肌で感じた。

三

悔しげに顔をゆがめ、畳についた両手がかすかに震えている。

「しくじったか」

脇息《きょうそく》から体を持ち上げ、左京亮はきいた。

「も、申し訳ございませぬ」

吉武右近《よしたけうこん》が、がばっと額を畳にすりつける。

身を乗り出し、左京亮は右近を見つめた。

「そなた、余を怖《おそ》れておるのか」

「はっ、い、いえ」

ごくりと右近の喉が動く。

「正直に申し上げます。怖《こお》うございます」

脇息にもたれて左京亮は、ふっと笑いを漏らした。

「一度のしくじりで、そなたの首をねじ切るような真似はせぬ。安心せよ」

「はっ、はい」

手の震えは止まったようだが、右近の声はいまだにわなないている。

「それでなにがあった」

顔を引き締め、左京亮は鋭く問うた。

「そ、それが……」

「あわてずともよい。落ち着いて話せ」

唇を湿らせ、右近がていねいな口調で語り出す。

「おまおとおかなの二人は功山寺にかくまわれているのではないか、との調べがつき、我らは早朝、急行いたしました。若松屋のあるじ弦右衛門は住職と茶の湯を楽しむ仲だったことが判明したゆえにございます」

弦右衛門か、と左京亮は苦々しい思いを抱《いだ》いた。あの男はもうこの世にいないが、まだ唾《つば》を吐きかけたい気分に駆られる。

「おまおとおかなは功山寺にいたのか」

「はっ、おりもうした」

「あの住職め。弦右衛門と親しくしておったのか。右近、住職はそなたの顔を知っておったか」

「それがしは住職と面識はございませぬ。ただ、我らを見て住職は、長府家の家中の者ではないかとはいいました」

別に住職に身元を知られようがかまわぬ、と左京亮は思った。こちらがあの寺の生殺与奪の権を握っているのだ。住職の首をすげ替えるくらい、わけもない。

「ふむ、それで」

「我らはまだ暗さの残る境内に入り込み、二人が庫裏から出てくるのを待ちもうした。夜が明けてすぐ、二人は住職とともに出てきもうした。我らはすぐさま取り囲み、二人を捕らえようといたしました。しかし、そこに邪魔が入ったのでございます」

無念そうに右近が唇を嚙む。小さくうなずいて左京亮は先をうながした。

「邪魔立てしたのは、二人の侍でございました。一人は若く、いま一人は年寄りでございました」

「その二人は何者だ」

「身なりからして、旅の者であるのはまちがいございませぬ。ほかにも妙齢の女性が二人に幼い娘が一人、一緒でございました」

「その者らは、功山寺にお参りに来たのだな。その二人の侍に、そなたらはやられたのか。小娘二人を捕らえるために、そなたは九人も駆り出したのであろうに」

いわれて右近がうなだれる。

「面目次第もございませぬ」

「まあ、よい。邪魔立てした二人は、遣い手だったのか」

「最初、我らは素手でかかったのでございますが、若い侍にあっという間に三人が叩きのめされ、刀を抜いて斬りかかった者も二人が手を斬られましてございます。その上、もう一人が年寄りの侍に峰打ちで倒されもうした」

「ふむ、さんざんな目に遭わされたものよ。それでかなわぬと見て、右近、そなたは引き上げたのか」

「さようにございます。あっという間に六人がやられては、どうすることもできませなんだ。獲物を前に、引くことは慚愧《ざんぎ》に堪《た》えぬことでございましたが」

恥ずかしげに右近が身を縮める。

余がその場におれば、と左京亮は思ったが、年端のいかぬ娘二人をかどわかすのに、自ら出張《でば》るような真似はできない。

「怪我をした六人の具合は」

「いずれも医者の手当てを受け、静養しております。六人とも命に別状あるような傷ではございませぬ」

「ならばよい。それで、今その旅の者らはどうしておる」

気持ちを新たにするように左京亮は問いを放った。

「西国街道を東へ向かっております。途中、長府の町方同心となにやら話し込んでおりもうした」

「そやつらは、町方同心と知り合いなのか」

「親しげに話していたようにございますが、はっきりしたことはわかりませぬ」

「その町方役人は誰だ」

「秋枝永兵衛という者でございます」

「ほう、秋枝か」

「ご存じでいらっしゃいますか」

右近が意外そうにきく。

「さして知られてはおらぬが、やつは相当の遣い手よ。家中でも屈指といってよかろう」

「さようでございましたか」

「とにかく町奉行所の者など、放っておけばよい」

脇息から身を起こし、左京亮は眉根を寄せた。邪魔立てした旅の侍が、なぜか妙に気になる。悪寒《おかん》が背筋を走り抜けてゆく。

左京亮は顔をゆがめた。それを見て、右近がおののいたように目を伏せる。

「右近、旅の二人の侍のことを、もそっと詳しく話せ」

はっ、と右近が唇を湿らせ、話し出した。

「若いほうは眉太く、鼻筋が通り、切れ長の目をしておりました」

「なにやら役者を思わせる男ではないか」

「正直、見かけだけの男ではないように感じもうした。ほめたくはございませぬが、あの者は冒しがたい凛々《りり》しさのようなものを全身に漂わせておりもうした。もちろん、殿ほどの威厳はございませんでしたが」

凛々しさか、と左京亮は思った。そういうものを強く押し出している者を一人知っている。実にいけ好かない男だ。

だが、その男がこのあたりをうろついているはずもない。大名の跡継と定められ、将軍に御目見《おめみえ》を済ませた者が江戸を離れてよいわけがないのだ。

あの男は、と左京亮は、すっきりとした顔を思い起こした。いつも人を見下したような笑いを口元に浮かべている。あの顔を目にするたびに、首を絞めたくなる。

──真田俊介めが。

互いに江戸生まれの江戸育ちだ。殿中で会話をかわしたこともある。歳は、こちらのほうが四つばかり上だろう。

あの男をこの手で斬り殺すことができたら、どんなに爽快だろう。

やつにうらみなどない。ないが、とにかく虫が好かない。ただそれだけのことだ。

その旅の侍が、本当に真田俊介ということはあり得るのか。

左京亮は自らに問うてみた。

ふつうに考えれば、あり得ることではない。

だが、あの真田俊介という男は通念にかからないところがある。

いつしか右近が、左京亮を見つめているのに気づいた。

「年寄りのほうは」

きかれて、右近が口をひらく。

「小柄で、目が小さく鼻が丸く、愛嬌《あいきょう》を感じさせる顔つきでございましたが、その短軀からほとばしる気迫がすさまじく、正直なところ、それがしは体を押されるような気分を味わいもうした」

「その者らは、どこに向かっておる」

「わかりませぬ。東へ向かっているのは確かでございますが」

江戸であろうな、と左京亮は思った。侍ならそれが最も考えやすい。

「おまおとおかなの二人は、今どうしておると思う」

「おそらく萩へ向かったのではないかと思われます。道筋には、すでに遺漏なく人員は配置しておりもうす」

「二人には、萩に知り合いがおるのか」

「わかりませぬ。が、若松屋は毛利宗家の者ともつき合いがあったはずにございます」

わずかのあいだ左京亮は考えに沈んだ。不意に浮かんだ考えがあった。

「二人が目指しているのは、清水《しみず》家ではないのか」

右近が深くうなずく。

「十分に考えられます。清水家ならば、殿を追い落とす材料が喉から手が出るほどほしいでしょうから」

「右近」

呼びかけて左京亮は寵臣《ちょうしん》をじっと見た。

「わかっておるだろうが、二人を萩に行かせるわけにはいかぬぞ」

「重々承知しております」

「元はといえば、糸吉との密談を余が聞かれたのが発端だ。その不始末のけりを、そなたがつける。右近、理不尽だと思うか」

「思いませぬ」

なんのためらいもなく右近が答える。

「殿の危急のときを救うのは、家臣の最も重要なつとめでございます」

「よういうた。それでこそ余の一の家臣よ。――糸吉の始末は済んだと申したな」

「はっ。すでにあの世に送り込みもうした」

「糸吉を生き証人にするわけにはいかぬゆえな。始末するのに誰を使《つこ》うた」

「例の者どもを」

「よいか、右近。おまおとおかなの二人も糸吉同様、始末せい。今度見つけたら、捕らえようなどと思わず、その場で殺せ。例の者どもを使うてもよい。しかと申しつけたぞ」

「承知いたしました」

右近がこうべを垂れ、畳に両手をそろえた。

それを見て自らを納得させるように大きく首を縦に動かしたものの、左京亮は、いずれ余が出張らねばならぬかもしれぬ、と感じた。

いや、きっとそうなるにちがいない。

四

荒れ寺があった。

西国街道を歩きつつ、俊介はどうしてかその寺に目が引きつけられた。

傾きかけた山門に扁額《へんがく》が掲げられている。

「岸円寺《がんえんじ》と読むのですかな」

少し頭を下げてのぞき込み、伝兵衛がいう。

「無住だろうか」

「そのようでござる」

伝兵衛が気がかりそうな目を俊介に向ける。

「この寺が気になりもうすか」

ひらいた山門の向こうにちんまりとした本堂があり、崩れかけた塀越しに鐘楼が見えている。つり下がっている鐘は大きく、なかなか立派だ。本堂の右側に食《じき》堂《どう》らしい建物があり、その奥にのぞいている屋根は庫裏のものだろう。

「うむ。なぜ気になるのかな」

「誰かいるのでござろうか」

刺客がひそんでいるのではないか、と伝兵衛の顔は語っている。

いわれて、俊介はじっと見た。おきみ、良美、勝江の三人も真剣な顔で山門の中を見つめている。

「いそうには見えぬな」

「俊介どの、入ってみもうすか」

「いや、やめておこう。人の気配もないし、妙な目も感じぬ」

「それならよいのでござるが」

俊介は穏やかな眼差しを、おきみや良美、勝江に注いだ。

「すまぬな、足を止めさせて」

「ううん、なんでもないよ」

やがて道は宿場に入った。

「ここはどこ」

「おきみ坊、さっき道標を見たばかりじゃろう。あれになんと彫られていたか、覚えておらぬか」

「覚えているわ。厚狭市《あさいち》宿ね」

「うむ、そうじゃ。ここは厚狭市宿じゃ」

まわりを低い山が囲んでいるが、南側はひらけており、盆地という感じはほとんどない。ふだんは日当たりのよい、明るい町なのではないか、と俊介は思った。

ただ、今日は昼過ぎから雲行きが悪くなり、雨こそ降っていないものの、太陽は早くから姿を隠し、大気には肌寒さがある。そのせいか、一足早く夕闇の気配が漂い出している。刻限は七つ半といったところで、日没まではまだ半刻はあるのだが、今日は無理せずにこの宿場に泊まろうかと俊介は考えている。

その気持ちを、伝兵衛やおきみ、良美、勝江に伝えた。

「今宵は、この宿場に泊まるということでよいか」

「もちろんでございます」

明るい笑みをたたえて良美が答えた。勝江も穏やかな笑顔でうなずく。

「次の舟木《ふなき》宿まで、まだ二里近くござろう。今日は日暮れが早いようでござるし、この宿場に宿を求めるのは、とてもよいことだと存ずる」

「俊介さん、今日はどのくらい歩いたの」

「九里は歩いただろう」

「それなら、宿を取っても誰からも文句はいわれないわね」

「おきみ、疲れておらぬか」

「全然よ。あたし、この旅で本当に足が強くなったもの」

「それは、とてもよいことじゃの」

伝兵衛が目を細める。

「足腰が強くなれば、よい子を産めるぞ」

「へえ、そうなの。でもあたしが自分の子を産むなんて、いつのことなんだろう」

「そんなに遠くはなかろうの。あと十年もすれば、立派に産めよう」

「十年か。まだたっぷりあるね」

「なに、あっという間よ。おきみ坊はまだ小さいからわからぬだろうが、わしくらいの歳になると、ときは瞬く間にすぎてゆく」

「ふーん、そういうものなの」

おきみはいかにも実感がなさそうだ。

大勢の者が行きかう宿場内を歩きつつ、俊介はおまおとおかなという二人の娘の姿がないか、目で捜した。長府から西国街道を進むあいだも、見つかるよう祈り続けていたが、その願いはかなえられていない。

やはり二人の娘は、萩のほうへ道を取ったのだろうか。長州の北に位置する萩へは、山陽側から行くことのできる道が幾筋かあると伝兵衛がいっていた。

その道を二人の娘がすでに取ったとしても、なんら不思議はない。ただし、そういう道には、侍たちの目が光っているのではないか。幼い二人に、果たしてかいくぐることができるものなのか。

俊介は、二人のことが気にかかって仕方がない。二人を追って萩を目指していないことで、おまおとおかなを見捨てたような気分にもなっている。

だが、この一件に首を突っ込み、おきみの江戸入りを遅らせたくないという気持ちもまた強い。

功山寺であの二人を庇護《ひご》できていれば、と思うが、今となってはどうすることもできない。このまま江戸に向かって進むしかない。

俊介たちは、鴨川《かもがわ》屋という旅籠を選んだ。古い建物で、歴史を積み重ねてきた格式めいた雰囲気を漂わせているのを、伝兵衛が気に入ったのだ。

鴨川屋という名の由来は、宿場を突っ切るように北から南へ流れる厚狭川からきているという。この宿場の者たちは厚狭川ではなく、鴨川と呼んでいるそうだ。

「鴨川といえば京が有名じゃが、この町は都となんらかの関係があるのかの。だから、厚狭川を鴨川と呼んでいるのかの」

伝兵衛が宿の者にきく。

「伝兵衛さんでも、知らないことが本当にあるんだね」

おきみがびっくりしたようにいう。

「それはそうじゃ。世の中は知らぬことばかりじゃよ。——それでどうなのかな」

伝兵衛が番頭に水を向ける。はい、と番頭が小腰をかがめる。

「平安の昔、ここ厚狭市は厚狭荘《あさのしょう》と呼ばれ、京の賀茂神社の領地だったのでございます。それゆえ、厚狭川のことを鴨川と呼ぶようになったと聞いています」

「ほう、賀茂神社の領地だったのか。由緒ある土地なのじゃなあ」

「鴨川というのはたいそう古くからの呼び名でございまして、いつからそう呼ばれはじめたのか、手前も存じ上げません」

「この旅籠も、かなり格式がありそうじゃの。宿をはじめて長いのかの」

「かれこれ四百年近くになります」

「そいつはすごいの。ということは、江戸に幕府がひらかれるずっと前から、ということになるの」

「さようでございます。大内さまの勢威の盛んな頃に、宿屋をはじめたと手前は聞いております」

俊介たちは二階の端の部屋に通された。この宿屋に二人の娘が泊まっておらぬか、と思い、俊介は番頭にきいてみた。だが、そのような二人連れはいらっしゃいません、との答えが返ってきた。

俊介たちに与えられた部屋は掃除がしっかりとされた八畳間で、すぐに衝立《ついたて》を入れてもらった。

二つに分かれた部屋で、俊介たちは着替えを済ませた。

その後、順番に風呂に浸《つ》かった。俊介が入るときには、いつものように伝兵衛が警護に就いた。

夕餉には、竹輪の煮たものが出てきた。味がしっかりしており、昨夜、長府で食べたものに劣らないうまさだった。

すっかり満足して俊介たちは眠りについた。

翌朝はいつもと同じように八つ半過ぎに起き出し、七つ頃に鴨川屋を発った。

昨日と同じように宿の者に握り飯をつくってもらい、おのおのが所持している。昨日の市之屋の握り飯は塩加減が絶妙で、具の梅干しもほどよい酸《す》っぱさで、実にうまかった。きっと今日の握り飯も期待できるだろう。夜が明けたら、一里塚にでも腰を下ろして皆で食すつもりでいる。

空は雲が覆っており、天気はよいとはいえないが、雨が降り出しそうな気配は今のところない。

あと五町ばかりで舟木宿というところまでやってきたとき、夜が明けてきた。

東の山々の上空が白んでいる。

まだ薄暗い中、俊介はおまおとおかなの二人を捜しつつ、歩を運び続けている。

だが、二人の姿を見つけることはやはりできない。

「俊介どの、腹が空《す》きませぬか」

肩を並べて歩く伝兵衛がいってきた。

「伝兵衛は空いたのだな」

「もうぺこぺこでござる」

俊介は、おきみや良美、勝江を見た。三人はにこにこと笑みを浮かべている。

「ならば、食すとするか。夜も明けた。伝兵衛、どこかよいところはあるか」

伝兵衛が空を仰ぎ見る。

「まだ当分は降ってこぬでしょう。あの松の袂《たもと》はいかがでござろう」

伝兵衛の指さす先に、天を突くような松の大木が一本、立っている。もしあれが榎《えのき》の木なら一里塚が十分につとまるだろう。その松の木のすぐそばが、ふんわりとした感じの草地になっていた。

「よかろう」

俊介たちはそこに座り、握り飯を膝《ひざ》の上に置き、竹皮をひらいた。

「わあ、おいしそう」

昨日と同様、大きめの握り飯が三つ、並んでいる。

俊介たちはかぶりついた。

「うまいな」

塩加減が絶妙で、中身の梅干しの酸味がほどよい。

「ほんと、おいしい」

良美が顔をほころばせる。

「九州も食べ物がおいしかったけれど、長州もとてもおいしい」

「まったくだな。とてもよい土地だ」

「長州の人って、食いしんぼがそろっているのかしら。だからおいしい物が、たくさんあるんじゃないの」

「長州の人たちは朗らかで、おしゃべり好きが多いらしいの」

「へえ、そうなの」

「うまい物が多いから、朗らかにもなれる。そういうことではないのか」

「俊介どの、これは政《まつりごと》に活《い》かせるのではござらぬか」

「伝兵衛のいう通りだ」

食は物事の大本であろう。これを充実させることができれば、民の暮らしはずっと明るいものになり、きっと幸せにもなれるのだろう。おいしい食べ物をたくさん出回らせるためには、どうすればよいのか。

答えはすぐには出ない。出るはずもない。なにしろ難しい問題だ。しかも、長州には海がある。松代《まつしろ》にはない。新鮮な魚など入ってきようがないのだ。それだけで長州とは大きな差がある。

だいぶ明るくなってきて、まわりの風景がはっきりとした色取りを帯びてきた。

食事を終えた俊介たちはしばらくその場でじっとし、腹がこなれるのを待ってから、再び西国街道を歩きはじめた。

やがて道は舟木宿に入った。それとほぼ同時に雨が降りはじめた。俊介たちは笠《かさ》をかぶり、蓑《みの》を着込んだ。

舟木宿も厚狭市宿と同じように、こぢんまりとした宿場である。いや、もっと小さいだろう。街道の両側を民家や店、旅籠などが軒を連ねているが、雨にけぶって、まるで墨絵を見ているようだ。

やがて俊介は、左に折れる一本の道の前で立ち止まった。路傍《ろぼう》に立つ道標が、この道が萩に通じていることを示している。

「ここも、萩に通ずる街道の一つでござるな。物の本によれば、確か舟木街道と呼ばれているはずにござる。俊介どの、この道が気になりもうすか」

横に立った伝兵衛が、街道の先を見やってきく。

「二人が、この道を向かったというようなことはないのだろうか」

「これまでにも、萩へ向かう道筋はいくつかござった。もしあの二人の幼い娘の行き先が本当に萩ならば、そちらのほうを使ったのではないかと……」

確かに舟木までやってきて萩を目指すとなると、かなりの遠回りということになる。だが、例の侍たちの目から逃れようとするならば、ここまでやってきて北へ向かうという手立ても考えられぬではない。

だが、幼い二人がそういう手を果たして思いつくかどうか。

「さあ、俊介どの、まいりましょう」

伝兵衛にうながされ、うむ、と返事をしたが、俊介はその場を離れがたかった。

「——おや」

俊介は声を漏らした。一町ほど先に建つ地蔵堂の扉がひらき、そこから二つの小さな影が出てきたのが見えたのだ。

「——あれは」

おまおとおかなの二人ではないか。まちがいようがない気がする。ずっと二人のことを思いながら来たから、奇跡が起きたのかもしれない。雨はやや強くなってきているが、二人とも笠と蓑の用意はないようだ。

——無事だったか。

俊介の胸は喜びにあふれた。

「ほう、あの二人、わざわざこっちまで回ってきていたのでござるの。なかなか知恵が回りもうす」

伝兵衛も安堵《あんど》の声を漏らす。

「あっ」

だが、俊介たちのその思いはすぐにしぼんだ。五、六人の侍が、おまおとおかなの前途を阻んだからだ。こちらも笠や蓑は身につけていない。

やつらは、と俊介は思い切り地を蹴って思った。長府から十一里ばかりも離れたこんな場所まで手配りしていたのだ。

必ず捕まえてみせるという強い執念を、俊介は感じた。

いったいあの二人の幼い娘たちに、どんな秘密があるというのだろう。

むっ。

走りつつ俊介は顔をしかめた。やつらに捕らえる気はないようだ。刀を抜き、二人を追い回しはじめたからだ。

侍たちから放たれる強烈な殺気を、俊介の肌は感じている。やつらは、二人の娘を問答無用で殺す気でいる。

雨で地面は滑りやすいが、俊介はばしゃばしゃと水しぶきを上げて走った。すぐうしろで同じ足音がする。

おまおとおかなは泥をはね上げて、逃げ惑っている。侍たちは先へ先へと足を進ませて二人を取り囲み、逃げ場をなくそうと試みている。

笠を放り投げて俊介と伝兵衛は必死に足を動かしたが、じれったいほどに距離は縮まらない。

娘の一人が濡《ぬ》れた地面に足を取られ、転びそうになった。きゃっ、という声が俊介の耳に届く。そこに容赦なく白刃が振り下ろされる。

――まずい。

息をのみ、俊介は目を閉じかけた。

「危ないっ」

伝兵衛が叫ぶ。

だが、もう一人の娘が手を貸し、転んだ娘を素早く抱き起こした。刀は一人の娘の体ぎりぎりをかすめていった。だが、刀は抱き起こしたほうの娘に傷を負わせたようだ。

きゃあ、と悲鳴を上げ、同時に血らしいものが散ったのが俊介には見えた。命に別状はないようで、二人は水柱を激しく立てて再び走り出している。

今の危機はかろうじて逃れたとはいえ、このままでは二人の命は、あとほんの数瞬もてばよいほうだろう。

「こっちへ来い」

あらん限りの声を振りしぼって俊介は叫んだ。だが、二人の耳には届かない。俊介たちから遠ざかるほうへと、ひたすら走っている。

はねを激しく上げて一気に走り寄った侍が間合に入れたと見たか、一人の娘の背中に向かって刀を振り下ろそうとした。

――やられる。

俊介は小柄《こづか》をさっと投げた。雨で手元が滑ったせいで小柄は当たらなかったものの、侍の顔のすぐ前をよぎっていった。そのために狙いがずれたか、刀は空を切った。

邪魔が入ったことを覚《さと》ったその侍が、さっとこちらを見る。走り寄ってくる俊介たちに気づいた。

残りの五人の侍は俊介たちに気づかず、なおも二人の娘を追いかけている。逃げ惑う二人の娘が、俊介たちのほうへと駆け戻ろうとする。一人の侍の刀が振られたが、またも空《から》振りに終わった。足元が滑る中、二人はちょこまか鼠《ねずみ》のように動き回っており、侍たちは少し手を焼いている様子だ。

だが、やはり今にも斬られそうだ。ここまでがんばって逃げ続けているのが、信じられない出来事なのだ。

ようやく俊介は侍の一人を間合に入れた。先ほど小柄を投げつけた侍である。刀を抜き放つや、俊介はこちらに向き直った侍の小手《こて》をめがけて一撃を放った。

あっ。左手を斬られた侍が刀を取り落とす。

伝兵衛が右側にいる一人に躍りかかり、胴に刀を振るった。どす、と鈍い音が俊介の耳を打った。腹を峰打ちでやられた侍が、泥に顔を突っ込ませる。

伝兵衛は、さらにもう一人の背中を打ち据えた。その侍は背を反らして悲鳴を上げ、体を回転させて地面に倒れ込んだ。泥が波のようにうねって侍の体に降りかかった。

仲間たちの異常に気づいた侍たちが娘を追い回すのをやめ、俊介たちに向き直る。

その隙《すき》に二人の娘は少し離れた杉の大木の陰に駆けてゆき、さっと後ろを見た。侍たちが追いかけてこないのを見て、疲れ切ったようにその場にへたり込んだ。傷を負った娘は、精も根も尽き果てたようだ。

とにかく、二人の娘は凶刃から逃れた。内心で安堵の息をつきつつ無言で俊介は侍たちの前に立ちはだかり、にらみつけた。決して許さぬという思いが渦巻いている。どんな理由があろうとも、いたいけな二人の娘を情け容赦なく殺していいはずがない。

仲間の三人がいつの間にか倒されているのを知って、侍たちが驚きの顔を向けてきた。

そのうちの一人が俊介を見て、あっ、と声を上げた。

その侍は鼻が高く、彫りが深い顔立ちをしている。まちがいなく功山寺にいた十人の中の一人である。

あのとき、この侍は刀を抜いたものの、斬りかかってはこなかった。

「ふむ、功山寺で会っているのは、そなただけのようだな」

目を厳しくして俊介はいった。功山寺と聞いて、他の二人の顔色が変わる。

彫りの深い侍が腰を落とし、刀を八双《はっそう》に構えた。俊介に向かって吠《ほ》える。

「またも邪魔立てする気か」

「とうに邪魔しているがな」

「身のためにならぬぞ」

「それはどういう意味かな」

穏やかにいって俊介は、彫りの深い侍を見据えた。

「そなたの後ろ盾のことをいっておるのか。それは誰のことだ。きっと身分の高い者であろうな。まさか毛利左京亮どののことではあるまいな」

彫りの深い侍が眉根を寄せ、はっとして口をつぐむ。

「図星だったか。そなたら、左京亮どのの命で二人の幼い娘を亡き者にしようとしておるのか。どのような理由があるのか知らぬが、あまりにやり方が非道ぞ。武家のやることとは思えぬ」

深く息を入れ、彫りの深い侍が決意の色を表情に刻み込んだ。

再び殺気が漂いはじめたのを俊介は覚った。彫りの深い侍に冷ややかに告げる。

「まだやるというのか。無駄なことぞ。怪我《けが》をするだけだ」

ぎりぎりと歯噛みした彫りの深い侍が二人の仲間を見やり、激しく言葉をかけた。

「この者らを倒すぞ。倒すんだ」

いわれた二人の顔に、必死の形相《ぎょうそう》が彫り込まれた。いずれの侍も、ここで俊介たちにやられてもかまわないと思っているようだ。あらがわずに引き下がるような真似だけは決してするまい、と意を決しているのである。

この者たちは、と俊介は冷静に考えた。それだけ左京亮のことを恐れているのだろう。あるじ持ちならではのことで、哀れな気がしたが、やはり年端もいかない二人を問答無用で斬り殺そうとしたことに対する怒りは、まったくおさまらない。むしろ心の中で風が吹き荒れている。

「容赦はせぬぞ」

俊介は三人に鋭く宣した。一瞬、三人の顔におびえの色が走った。

だが、おのれを励ますように気合をかけ、彫りの深い侍が先陣をつとめて突っ込んできた。刀を斜めに振り下ろしてくる。だが焦りがあるのか、かなり大振りになっている。

俊介は半歩だけ前に出て、腰を低くするや刀を小さく振った。

その刃は、侍の左腕に届いた。うあっ、と声を発して彫りの深い侍が後ろに下がる。左腕から血がしたたっている。

痛みに顔をゆがめているものの、これで主君に叱られることはない、という安堵の思いも見て取れた。

残りの二人も、相次いで斬りかかってきた。瘦《や》せた侍の斬撃をかわして左側にすっと回った俊介は、侍の上腕に刀を軽く入れた。

それだけで、ぐっ、と苦しげな声を出し、侍が力尽きたようにうずくまる。着物が破れ、赤い傷口から血が流れ出しているのが見える。なんとか体勢を立て直し、その侍は俊介に向き直った。顔色が真っ青で、刀を持つ手も震えている。

最後の一人は、すでに泥の中に倒れている。伝兵衛が強烈な峰打ちを腹に見舞ったのだ。うつぶせた侍は気絶しており、ぴくりとも動かない。この一撃には、伝兵衛の怒りの大きさが如実にあらわれている。

俊介は目を上げ、二人の娘を捜した。

おまおとおかなは、先ほどの杉の大木の陰にうずくまっていた。逃げずにいたというより、もうその場を動けないというほうが正しいようだ。伝兵衛が、二人に向かって駆け出した。

「おい」

刀を鞘におさめて俊介は、左腕から血を流し、立ちすくんでいる彫りの深い侍に声をかけた。

「去るがよい。そなたを含め、怪我人は医者に診《み》てもらえ。わかったか」

手から血をしたたらせつつ、彫りの深い侍は無言で仲間の一人を抱き起こした。

「左京亮どのにいうておけ。二人はこの俺が預かる。手出しは無用とな」

「きさまは何者だ」

彫りの深い侍が憎々しげにきく。

「俊介という」

「姓は」

「格別に親しいわけではないが、名だけで左京亮どのは見当がつこう。とにかく、二人の娘はこの俊介が預かった」

杉の大木にたどりついた伝兵衛がかがみ込み、二人の様子を心配そうに見ている。娘の一人が負った怪我は重いのかもしれない。

俊介は彫りの深い侍に目を戻した。

「行くがよい」

侍を振り向きもせず、俊介は杉の大木に向かって足早に歩き出した。

雨はひときわ激しくなっている。

彫りの深い侍が、泥に伏している仲間の一人を助け起こす気配が、俊介の背中に伝わってきた。

五

うなり声が聞こえた。

目を上げると、大岡勘解由《おおおかかげゆ》が苦しげに顔をしかめていた。

「ご家老、どうかされましたか。お加減が悪いのでございますか」

誠太郎《せいたろう》は真摯《しんし》にたずねた。

「どこも悪くはない」

かぶりを振って勘解由が誠太郎を見返す。瞳に強い輝きを宿している。

「いまだに若殿を亡き者にできぬことに、わしは強い苛立《いらだ》ちを感じておるのだ。それで、つい声が出てしもうた」

「確かに、信じられないほどしぶといお方でございますな」

鉄砲の玉が当たったにもかかわらず、俊介は死ななかったのだ。もっとも、鉄砲にやられたことは、勘解由は知らないはずだ。いや、似鳥幹之丞あたりがすでに告げ知らせただろうか。

口をゆがめ、勘解由が首を何度か振る。

「まさかあれほどまでに命冥加《みょうが》だとは、わしも考えなんだ。これまでに送り込んだすべての刺客を返り討ちにしてみせるなど、そこまで運がついているのか、とわしは正直、舌を巻いたものよ」

「真田さまの守り神でも、憑《つ》いているのでございましょうか」

「そうかもしれぬの」

真剣な顔で勘解由が同意を示す。

「こたびの旅は、若殿にとって死出の旅路となるはずだった。旅の空の下、身辺を警護する者も大しておらぬというのに……。すべての刺客が殺されたなど、わしはいまだに信じられぬ。――稲垣《いながき》屋」

この座敷にはほかに人はおらず、呼ぶまでは誰も来ないよう誠太郎は店の者にかたく命じてあるが、勘解由は他者に聞かれるのを恐れるように声をひそめた。

「おぬし、知っておるか」

なにをだ、と誠太郎は考えた。先ほど自分が思い浮かべた件だろうか。きっとそれにちがいあるまい。

「もちろん存じております」

はっきりといい切った。

「ほう、さすが稲垣屋だの」

「若殿が鉄砲で撃たれた件でございますな」

「その通りよ。しかし稲垣屋、なにゆえ存じておるのだ。まさかおぬしの差金ではなかろうな」

「滅相もない。手前がそのような真似をするはずがございません」

「それはそうであろうな。おぬしにはそのような真似をする理由がない」

実は誠太郎には、俊介をこの世から排したくてならないわけがあるのだ。

俊介を死に追いやることで、勘解由は自分の孫である力之介《りきのすけ》を真田家の跡継にできると考えているのだが、もし本当にそれがうつつのことになったとき、誠太郎は力之介をおのれの傀儡《かいらい》にできるのではないか、と確信を抱いている。

なにしろ力之介は幼いのだ。勘解由は自分が力之介の後ろ盾になって政を動かすつもりでいるのだろうが、その裏で操るのはこの稲垣屋誠太郎である。

松代十万石を手のうちにおさめ、思い通りの政を行う。民にとって、理想の国をつくってみせるのだ。

俊介がいくら名君の資質を備えているといっても、所詮《しょせん》は武家でしかない。真に民のための政ができるはずがない。

自分はちがう。金もある。信念もある。必ずや、やれる。その自信もある。

「若殿が鉄砲で撃たれたことを、手前がなにゆえ存じているかと申しますと――」

「うむ、話せ」

「ご家老の力になりたいと思い、手前も若殿の動きをいろいろと探っているからでございます。今のところ、なにもお力になれず、申し訳ない気持ちで一杯でございます」

「おぬしも、若殿の動きを気にかけておったのか。では、若殿が今どこにいるか、存じておるのか」

「九州に到達したことは存じていますが、それ以上のことは……」

そうか、と勘解由がいった。

「すでに筑後久留米をあとにしたという知らせが、似鳥より入ってきておる。もう海を渡り、長州に入っている頃であろうの」

「長州に……」

むろん、そのことは誠太郎も知っている。

「誰が若殿を撃たせたのか、わしは気になってしようがない。わし以外に若殿の命を欲している者がいるということではないか」

「さようにございますな。若殿は、外に敵が多いのでございましょうか」

「よく遊びに出かけていたようだが、敵が多いとは聞いたことはないの」

さようにございますか、と誠太郎はいった。

「ご家老、新たな刺客は」

「もちろん送り込んだ。今頃、似鳥幹之丞と会っているのではないか」

「遣い手でございますか」

「わしは遣い手しか選ばぬ」

「得物《えもの》は刀にございますか」

「こたびは槍だ」

意外な思いがして、誠太郎は思わず目を見ひらいた。

「ほう、槍でございますか。宝蔵院流《ほうぞういんりゅう》でございますか」

「そうではない。何流ということもないらしい。独習したと聞いた」

勘解由がぎらりと目を光らせる。

「槍が相手では、いくら若殿がしぶといといえども、対処のしようがないのではないか。今度こそ葬れると、わしは確信しておる」

「そうでございましょうな」

頬を柔和にゆるめていったが、誠太郎は内心では眉をひそめていた。

勘解由の刺客など、当てにはできん。いくら槍という得物が珍しかろうと、きっと真田俊介という男はこれまでと同様、打ち破るに決まっているのだ。

俺は俺で、再び刺客を出す。

いや、実際にはもう出している。

いくら命冥加な男が的といえども、今度こそ逃れようがない手を用いるつもりだ。

真田俊介の命を奪うのには、どのような手立てがよいか。誠太郎は考えに考え抜いた。

鉄砲が駄目だった以上、残る手は一つしかないのではないか。

——毒殺。

真田俊介を屠《ほふ》るのには、もはやこの手しかあるまい。

すでに誠太郎は、手を打ってある。周防国《すおうのくに》に、手練《てだれ》をもぐり込ませてあるのだ。毒飼いに関しては、右に出る者がいないといわれるほどの凄腕《すごうで》である。

誠太郎自身、じかにその者に会い、仕事を依頼した。その者は自信たっぷりに引き受けた。これまで自分の手を逃れた者は一人もいない、といってのけた。狙った者は必ずあの世に送り込んでいる、と。こたびの標的も同じことだ、と笑みを浮かべていった。

代は決して安くはない。だが、真田俊介を殺せるならば高くはない。

俊介は、じき周防に入るだろう。

そのときが、と誠太郎は思った。あの男の最期だ。

殺しをもっぱらにする者は、周防で俊介を待ち構えるといったのである。

「どうした、稲垣屋。なにを考えておる」

不意に勘解由の声が耳に入り込み、誠太郎はやんわりと顔を上げた。ぎこちない笑いにならないよう気をつけつつ、目を和《なご》ませる。

「いえ、なにも……。ところでご家老、こたびの急な出府は、どのような理由でございますか」

「いや、たいしたことではない」

どうして勘解由が国元から唐突に江戸に出てきたのか。すでに誠太郎は、その理由に思い当たっている。

きっと、真田幸貫の様子を見に来たのだろう。真田家のあるじはいま病床にあり、いつ儚《はかな》くなってもおかしくないと誠太郎は耳にしている。

幸貫自身、俊介が江戸に戻るまでがんばるつもりでいるのだろうが、相手が死病だけに、どうなるか知れたものではない。

おそらく、勘解由は幸貫の死が待ち遠しくてならないのだ。俊介を殺したところで、もし幸貫が持ち直すようなことがあれば、孫の力之介の出番はまだまだ先ということになる。

勘解由自身、すでに若くはない。人生五十年として、いつ死んでもおかしくない歳である。幸貫の顔色を見るために、わざわざ信州松代から出てきたにちがいない。

素知らぬ顔で、誠太郎は茶をすすった。よい茶であるはずなのに味がしない。

俺も、と誠太郎は思った。いろいろと焦りがあるのかもしれない。

それゆえ、茶が味気なく感じられるのではあるまいか。

だが、おのれのことを冷静に見つめられるだけの余裕が誠太郎にはある。

気持ちに余裕がなくなったら、人はおしまいよ。

目の前の勘解由は、明らかに焦っている。自滅が近いのではあるまいか。

勘解由が死ぬのはかまわない。ただし、と誠太郎は思う。とも倒れだけは避けねばならない。

第二章　姉妹の絆

一

こちらに向き直った。

俊介と目が合う。馬のような優しげな瞳をしているものの、若い医者は沈痛な顔つきを隠せずにいる。

「怪我の具合は」

我慢しきれず俊介はたずねた。医者が、床の上に寝る娘にちらりと目をやる。

「この娘御は、刀で斬られたとおっしゃいましたな。ご存じでしょうが、刀でやられた場合、血の出方はひどくなりがちです。しかし、この娘御の傷は、さほど深いものではありません」

　医者が厳かな口調で告げる。安堵の波が俊介の心の中を広がってゆく。

「傷は縫っておきましたゆえ、すぐにふさがりましょう。それでも、二、三日は静養したほうがよいでしょうな」

「えっ、そんなに」

　意外そうな声を上げたのは、おまおである。

「無理に動かせば、傷に障るゆえな。しかも、刀に斬られたことは、重い傷となって心に残るものだ。その傷は、なかなか癒えるものではない。お姉さんであるおまえさんが、できるだけ気遣ってやることが大切だよ」

　手習師匠が手習子を諭すように、医者が穏やかにおまおに説く。

「でも——」

「おまお」

　俊介は静かに呼びかけ、見つめた。

「おかなは大事な妹だろう。急ぎたい気持ちはわかるが、お医者のおっしゃるように、しばらく寝かせておいたほうがよい。無理はさせぬほうがよかろう」

顔を上げておまおが俊介に目を当て、口をひらきかけたが、なにもいわずに妹のおかなに眼差しを戻した。

おかなは布団に横たわり、安らかな寝息を立てている。

これはよいことだろう、と俊介は思った。伝兵衛やおきみ、良美、勝江もほっとした顔を並べている。

「では、手前はこれで」

医者が俊介に向かって辞儀する。

「お代は」

俊介はすぐさまたずねた。

「一朱いただきましょう」

その言葉を聞いて、おまおがはっとする。それに気づかない顔で俊介は財布を取り出し、一朱銀を医者に渡した。

「確かに」

大事そうに十徳の袖に落とし込んで、医者が立ち上がった。

「ありがとうございました」

頭を深く下げ、俊介はていねいに礼を述べた。にっこりと笑って医者が俊介を見る。

「これが仕事ですから。では、これにて失礼いたします」

伝兵衛がいち早く襖《ふすま》をあけ、医者を通す。この若い医者は旦仁《たんじん》といい、ここ舟木宿で診療所をひらいている。宿場でただ一人の医者とのことで、舟木で暮らしている者は、さぞ心強いだろう。

伝兵衛とおきみが旦仁を見送りに、部屋を出ていった。廊下には灯《あか》りがついているはずだが、心細くなるような深い闇がずしりと居座っている。

「あの、俊介さん」

膝を進めて、おまおがおずおずという。どこか菩薩《ぼさつ》のような神々《こうごう》しい顔をしている。功山寺の法堂の仏像に通じるものを、俊介は感じた。この娘とこうして相対する者は、すべて気持ちが癒やされるのではないか。

「なにかな」

おまおがなにをいいたいか、見当はついたが、俊介はあえてきいた。

「お金は必ずお返しします」

「うむ、よくわかっている」

快活にいって俊介はうなずいた。

「だが、今は気にせずともよい」

「ここの旅籠代もお返しします」

俊介たちは、舟木宿の下田《しもだ》屋という旅籠に部屋を取っている。

「承知した。——ところでおまお。きいてもよいか」

こくりとおまおが顎を引く。

「そなたら二人は、どこへ向かおうとしているのだ。功山寺の住職がおっしゃっていたが、萩なのか」

良美と勝江も、おまおをじっと見ている。

おまおがきゅっと唇を噛み締めた。

「さようです」

「なにゆえ萩を目指している」

下を向き、おまおが押し黙る。

「いえぬか」

消え入りたそうな風情で、おまおが膝の上の手を握り込んだ。

「気にすることはない。いえぬものはいえぬ。それでかまわぬ」

「人に会わないといけないのです」

思い切ったようにおまおが口をひらいた。

「ほう、人にな。誰に会うのか、きいてもよいか」

またおまおがうつむく。

「すみません、いえません」

そうか、と俊介はいった。

「ところでおまお、今宵の宿はどうしようとしていたのだ。この宿場から萩まで十二里は優にあろう。最低でも一泊しなければならぬ。もしや、野宿するつもりだったのか」

「はい、さようです」

「ここ舟木までやってきたのは、例の侍どもの目を欺こうとしたのだな」

はい、とおまおがうなずいた。

「おまお、番頭の糸吉が殺されたことを知っているか」

「ええっ」

おまおが目を見ひらく。

「やはり知らなんだか」

年端もいかない娘にこんな話をするのは残酷だと思ったものの、知っておく必要があるのではないか、と判断した俊介は、どういうふうに糸吉が死んだのか、真摯に語った。

「釘で頭を……」

あまりに驚きが大きく、おまおはそれ以上、声が出ない。

「そなたら二人が店を出たのと、糸吉にはなにか関係があるのか。なにゆえ糸吉は殺されたか、わかるか」

立て続けにきいてみたが、おまおは俊介の声が聞こえていないような顔だ。

そのとき襖があき、伝兵衛とおきみが戻ってきた。会釈《えしゃく》し、伝兵衛が俊介の前に座る。おきみは敷居際に立っているが、襖を閉じようとはしない。

廊下に、二人の男がのっそり立っているのを俊介は見た。

「俊介どの、お役人でござる」

廊下の二人が何者なのか、伝兵衛が伝える。ここ舟木宿の宿場役人だろう。おまおたちが襲われた一件の聞き取りに来たのだ。

「入ってくれるか」

敷居際に立っている男に顔を向け、俊介は温和な口調でうながした。

「失礼いたす」

男が一礼し、敷居を越えた。その背後にいるのは中間《ちゅうげん》らしい男だが、中に入ってくる気はないようで、廊下にきっちりと正座した。おきみが気にしたが、閉めてくだされ、と中間が笑顔で告げた。頭を下げたおきみが、そっと襖を閉じる。

「それがし、兼行杜之進《かねゆきもりのしん》と申す。舟木宿の宿場役人をつとめておりもうす。お見知りおきを」

俊介の前に座った宿場役人が、朗々とした声で名乗った。どこか土臭さを覚えさせる面立《おもだ》ちで、身ごなしにも野暮ったさがあるが、実直そうな雰囲気をたたえている男だ。俊介は好感を抱いた。

「それがしは俊介と申す」

それを聞き、杜之進が妙な顔つきになった。

「あの、俊介どのは武家にござろう。姓はなんとおっしゃるのか」

「それはちと障りがあるゆえ、勘弁してもらいたい。別に罪を犯し、名を秘しているわけではない。安心してくれ」

すでに将軍に御目見した大名の跡取りが内密に江戸をあとにし、旅に出ている。しかも、寵臣を討った者を追っての仇討旅《あだうちたび》である。

仇討は親や主君など目上の者が殺されたとき、届け出れば許されるのだが、俊介は公儀の許可を得ていない。家臣の仇討では許しが出るはずもなく、それゆえ飛び出るも同然に江戸を出てきたのだ。そういう意味でいえば、罪を犯しているのかもしれない。

不意に、父の幸貫の顔が俊介の脳裏に浮かんだ。幸貫には仇討の許しをもらったが、三月以内に江戸に戻ってくるようにいわれている。もしそれができなければ、俊介は病の床に臥《ふ》している幸貫の死に目に会えないかもしれない。

杜之進が真剣な目を俊介に注いでいる。

「なにかしら事情があるのでござろう。だが、そのことについては触れぬことにいたそう。なにより俊介どのは、誠実そうなお人柄に見える。――さて」

杜之進が姿勢をあらためる。

「こうして夜分に押しかけさせていただいたのは、今朝、この宿場で起きた斬り合いの詳細をうかがうためにござる。もう少し早く来たかったのでござるが、今日は厚狭市宿に用事がござって、朝から出かけていたのでござるよ。舟木には、先ほど戻ってきたばかりにござる」

杜之進の眼差しが、おまおとおかなの二人に注がれる。布団に横たわるおかなを見て、気の毒そうな顔つきになった。

俊介は、どのようなことが起きたのか、つまびらかに語った。

聞き終えて、杜之進が眉間《みけん》にしわを盛り上がらせる。

「二人の娘を襲った六人は、長府毛利家の家臣……。まちがいないのでござるか」

「名乗りはしなかったゆえ、あの者たちが本当に長府毛利家の者かといわれると、確答はしかねる。だが、俺が左京亮どのの名を持ち出したとき、少なくとも誰一人として否定はしなかった」

「なにゆえ長府毛利家の者が、このようないたいけな娘たちを……」

杜之進が呆然としてつぶやく。

「ここは厚狭毛利家の領地だな」

俊介は杜之進に確かめた。

「さようにござる」

毛利元就《もとなり》の五男元秋《もとあき》を祖とする家である。むろん厚狭に屋敷があるが、萩にも屋敷を構えており、そちらに当主や家中の者のほとんどが常住していると聞いたことがある。厚狭毛利家の当主は、毛利宗家の家老をつとめることもあるという。

「同じ毛利家といえども、他領の者が許しを得ることなく厚狭毛利家の縄張に踏み込み、侵したことになるのだな」

「おっしゃる通りにござる」

悔しそうに杜之進が唇を噛む。

「こちらは八千石ばかりの石高、対して長府毛利家は五万石……」

多分、長府の者は厚狭毛利家をなめているのだろう。石高の差で甘く見る、見られることは、武家のあいだではよくあることだ。

気持ちを入れ替えるように深い息をついて、杜之進がおまおを見やる。どうして侍たちに襲われたのか、あらためて事情をたずねた。

だが、おまおはなにも答えない。俊介に対したのと同様に、萩に行って人に会わないといけない、としか口にしないのである。誰に会うのかも、いおうとしない。

「それで俊介どのは、これからどうされるのでござるか」

おまおから事情をきくのはあきらめた様子の杜之進が、水を向けてきた。

「どうするというと」

「この二人の娘を、萩まで連れてゆくのでござるか」

そのことについては、まだなにも考えていなかった。いわれてみれば、おまおたちを救っておいて、この町で見捨てるわけにはいかない。だが、おきみのためにも一刻も早く江戸に帰らねばならない。

「俊介さん、萩に行こうよ」

俊介を励ますように、おきみが声を上げる。

さすがに俊介は逡巡《しゅんじゅん》した。萩に行くにしても、おきみを一緒に連れてゆくわけにはいかない。あまりに危険だ。

それに、もし俊介が萩に行くことになったとしても、そのあいだにおきみには少しでも江戸に向かって前へ進んでいてもらいたい。

「なんなら、二人をそれがしが萩まで連れていってもよろしい」

俊介たちが自由な動きを取りにくいのを見て取ったらしい杜之進が申し出る。

「兼行どの、剣は」

すぐさま俊介はきいた。

「そこそこにござろうな」

「ならば、やめておいたほうがよかろう。やつらが、また襲ってくるのは疑いようがない。きっと新手がやってこようが、今度はもっと腕のよい者をそろえてくるにちがいない。そこそこの腕では、命がいくつあっても足りぬ」

俊介は決意をかためた。

「よし、二人を連れて俺だけが行こう」

「一人はいけませぬ。それがしが俊介どのの警護に就きもうす」

間髪をいれず、伝兵衛が名乗りを上げる。

「駄目だ」

かぶりを振って俊介は厳しくいった。

「それではおきみや良美どの、勝江だけになってしまう。女だけではやはり不安だ」

「俊介どのを、一人で行かせられるはずがござらぬ。もし俊介どのの身に万が一のことがあらば、それがしが腹を切ったところで、なんの足しにもなりませぬ。それがしはこの身を捨てて、俊介どののお命を守る所存」

伝兵衛は一歩も譲らぬ構えだ。

「私も俊介さんについていきたい」

「いかん」

一顧だにせず、俊介はおきみにいった。

「おきみは良美どの、勝江と一緒に江戸を目指すのだ」

「あたしって、足手まといなの」

おきみが涙声でいう。

「一緒に連れていっては、危ないのだ。それに、おはまがそなたの帰りを、首を長くして待っておろう」

「じゃあ、別々に江戸を目指すことになるの」

「別々なのは途中までだ。おまおとおかなを萩まで連れてゆき、すべての用が済んだら、俺はすぐさまおきみたちのあとを追う。必ず合流できよう」

寂しげにおきみがうつむく。

「おきみちゃん、私たちと一緒に江戸を目指しましょう」

良美がおきみに優しくいう。

「俊介さんについてゆきたいという気持ちは私もよくわかる。私も一緒に行きたいもの。でもおきみちゃん、一番の目的を忘れてはいけないわ。おきみちゃんは、おかあさまの薬を手に入れるために旅に出たんでしょ。その目的は遂げ、薬はいま大事に持っている。おきみちゃんのすべきことは、ただ一つ。その薬を一刻も早くおかあさまに届けることよ」

しばらくおきみは目を閉じて、じっとしていた。ゆっくりと目をあき、深く顎を引く。

「わかった。あたし、江戸を目指す」

「ありがとう。わかってくれて」

良美がおきみをそっと抱き締める。おきみが良美の腕の中でうれしそうに笑う。

「良美さんて、あたたかい。おっかさんと同じよ。今おっかさんの顔が浮かんできたの。自分の病のことより、あたしのことが心配でならないって顔をしていた。あたしは一刻も早く無事な姿をおっかさんに見せなきゃいけないんだわ」

その通りだな、と俊介は思った。

「あの、俊介どのはもしや身分のあるお方でござるか」

杜之進がきいてきた。

「そう見えるか」

「なにしろ、威厳のようなものが備わってござる。それは決して人を圧するようなものではなく、やんわりと包み込むような感じでござるが」

「それはほめすぎだな」

「本当のことにござる」

杜之進が力説する。

「俊介どののだけではない。良美どののもでござる。ふだんのそれがしの暮らしでは決して感じることのない、高貴な雰囲気を身にたたえてござる」

久留米有馬家の姫なのだから、隠しようのない気品があるのだ。

息をのんで杜之進が続ける。

「できることならば、それがしも俊介どのについてゆきたいくらいでござる」

失礼する、という声が襖の向こうから聞こえてきた。この声は、と俊介は思い、そちらをすぐに見やった。

からりと襖が音を立ててあき、そこに一人の男が立っていた。

「弥八ではないか」

一礼して入ってきた弥八が、伝兵衛の隣に静かに座った。

「今までどこにいた」

弥八を見つめて俊介はたずねた。

「また大坂に行っていたわけではあるまい」

「似鳥幹之丞の行方を捜していた」

それを聞いて、俊介は勢いよく膝を立てた。その様子を驚きの目で杜之進が見る。

「やつは見つかったのか」

いや、と残念そうに弥八が首を横に振った。

「手は尽くしてみたのだが」

「ということは、あの男、俺のそばにおらぬのか」

「いや、わからん。やつのことだ、巧妙に身を隠しているのかもしれん」

「だが、弥八の目を逃れるのは、いくら似鳥といえどもむずかしかろう」

「さて、どうかな。俺はやつに一度、捕らえられたことがある男だぞ」

尾張での出来事だ。二千石船の津島丸に弥八はおきみとともに監禁されたのだ。

弥八としては、なんとしてもその借りを返したいと思っているにちがいない。

「それよりも、萩行きのことだ。俺が俊介さんの警護に就いてもよいぞ」

弥八が申し出る。

「いかん」

即座に強い調子でいったのは伝兵衛である。

「俊介どのはわしが警護する。弥八、おぬしは良美どのやおきみを守ってもらえぬか」

「伝兵衛さん、気を悪くしないでほしいのだが、俊介どのを守りきれるのか」

「守りきれる。守りきってみせる」

伝兵衛はきっぱりといい切った。

「今のわしは以前のわしとはちがう。旅を続けたおかげで足腰が強くなり、若い頃のわしが戻ってきておる」

瞬《まばた》きを三度するほどのあいだ、弥八は伝兵衛を見つめていた。

「承知した。ならば、俊介さんは伝兵衛さんに任せた。俺はおきみたちの警護をしよう」

「ありがたし。弥八、頼むぞ」

目を輝かせて伝兵衛が謝意を示した。

「うむ、任せておいてくれ」

「弥八が良美どのたちのそばにいてくれれば、千人力だ。なんの憂いも感じずに済む」

「千人力とは、俊介さんは相変わらず大袈裟《おおげさ》だな」

急にあらわれた弥八を、杜之進が興味深げに見ている。

「弥八どのといわれたが、俊介どのとは、どのような関係かな」

「友垣だ」

弥八の代わりに、俊介はためらうことなく答えた。

「ほう、友垣でござるか」

うらやましそうな口調で杜之進がいう。

「それがしも、俊介どのの友垣になりたいものでござる。——俊介どの、一つきいてよろしいか」

「なんなりと」

「似鳥というのは何者でござるか」

一瞬、そこに似鳥幹之丞がいるような錯覚にとらわれ、俊介は杜之進をにらみつけそうになったが、すぐさま冷静さを取り戻した。

「俺の友垣を殺した男だ」

「えっ」

のけぞるようにして杜之進が驚く。

「俺は似鳥を追っている」

「では、仇討旅でござるのか」

「その通りだ」

「似鳥という男は、このあたりにいるのでござるか」

「このあたりというよりも、俺の周囲にいるのではないかと思う。やつは俺の命を狙っているゆえ」

「仇の分際で、俊介どのを狙っているのでござるか」

杜之進が俊介をまじまじと見る。

「俊介どのは、本当に何者でござるか」

「そなたとなんら変わらぬ。ただの男だ」

俊介は静かに告げた。

二

いくら予期していたとはいえ、やはり驚きは隠せない。

我知らず毛利左京亮は、脇息から身を起こしていた。

「――まことか」

驚きを抑えた声音で、目の前の吉武右近にただす。

刻限はすでに六つに近い。座敷にはいち早く夕闇が訪れようとしており、そばに置かれた二つの行灯が淡い光を放っているといっても、右近の顔はどこかどす黒く、暗く見えている。

「その男は、まことに俊介と名乗ったのか」

「その場にいたわけではないゆえ、それがしはじかに聞いておりませぬが、久保《くぼ》江《え》重之助《しげのすけ》はそう申しましてございます」

「重之助が……」

左京亮は、重之助の彫りの深い顔を思い浮かべた。

「重之助も、俊介と名乗った男に左手を斬られもうした」

今朝、舟木宿において、張っていた網におおとおかなの二人がかかった。そこにいた久保江重之助たち六人が命じられた通り、容赦なく斬り殺そうとしたところ、功山寺にあらわれたのと同じ二人の侍に再び邪魔されたのである。

驚いたことにその若い侍は重之助に対し、俊介と名乗ったというのだ。

――信じられぬ。

だが、信じるしかない。今ここ長州を旅して、左京亮たちの邪魔を繰り返しているのは真田俊介本人なのだ。

「重之助の傷は深いのか」

「さほどのものではございませぬ。功山寺のときと同様、俊介という男は手加減したものと思われます」

こういうところも、左京亮の知っている俊介らしい。真剣で斬りかかられても、決して返り討ちにしようとしない。いずれ上に立とうという者にもかかわらず、冷徹になれず、人を殺すことを潔しとしないのだ。

「殿、俊介というのは何者でございますか」

「俊介は――」

もったいをつけたわけではないが、左京亮はわずかに間を置いた。

「真田家の若殿よ」

「ええっ」

右近が大きく目を見ひらく。

「真田家というと、信州松代十万石の真田家でございますか」

「そうだ、その真田だ」

「俊介という男は、部屋住でございますか」

「真田家の跡継よ。すでに上さまにも御目見を済ませておる」

「ならば、江戸を出ることなどできぬのではありませぬか」

「その通りだ」

「それがなにゆえ長州に」

「さっぱりわからぬ。もちろん公儀が跡継に江戸を出るような真似を許すはずがないゆえ、勝手無断にあとにしたのであろう。姓をいわぬのも、そのためであろう。いえぬのだ」

「もしこれが公儀に露見すれば、真田家にはどのような沙汰《さた》が下りましょう」

「取り潰しまではいかぬかもしれぬが、少なくとも減封はあるだろう。俊介自身、真田家の跡継でいられなくなるにちがいあるまい。そのような危険を冒してまで、あの男は旅をしていることになる。いったいやつになにがあったというのか」

「俊介という者は、そのような無分別な振る舞いをする男でございますか」

「しそうではある」

脇息に身を戻して左京亮は、俊介の顔を思い起こした。

「あの男がいかに無思慮であるか、それを明かす噂がある」

「どのような噂でございましょう」

ぎろりとした目を、左京亮は右近に当てた。右近が一瞬、身を引きかける。

「以前、江戸の赤坂のほうで大八車が暴走したことがあった」

うなずいた右近が、真剣な顔つきで耳を傾ける。

「長い下り坂の途中、大八車の梶棒《かじぼう》を握っていた者が卒中かなにかで急に失神したのだ。荷を満載していた大八車は前の支えを失い、崖《がけ》を転がり落ちる岩のように坂道を一気に下りはじめた」

ごくりと右近が息をのむ。

「大勢の者が悲鳴を上げて逃げ惑う中、路上で遊んでいた三人の幼い娘がいた。そのうちの二人は大八車に気づいて逃げ出したが、一人は逃げ遅れ、呆然と道に突っ立っていた。近くにいた誰もが目をつむりかけた瞬間、横から猛然と突っ込んでいった一つの影があった。――右近、これが誰かわかるな」

「はっ」

「娘はまさに間一髪のところで助かった。俊介が横抱きに抱えて、死地から救い出したのだ。大八車は坂下の空き家に突っ込み、木っ端微塵《こっぱみじん》になった」

「俊介という男は、なにゆえその場にいたのでございますか」

「江戸市中をうろつき回るのが趣味の男よ。たまたまその場におったのだ」

「たまたまでございますか」

「右近、そのほう、娘を救うために天が俊介をその場に配したといいたいのか」

「いえ、そのようなことは決して。それにしても――」

右近が言葉を切り、すぐ続けた。

「暴走する大八車の前に、よく飛び込めたものでございますな」

「あの男の傲岸《ごうがん》さがよく出ておる」

「傲岸さでございますか」

意外そうに右近が口にする。

「そうよ。やつは傲岸ではないか。――右近、わからぬか」

「申し訳ございませぬ」

「やつは、自分は決して死なぬ、と思い込んでおるのだ。大八車などにはね飛ばされることはない、とな。それゆえ、平気で無茶ができる。傲岸以外のなにものでもなかろう」

「真田の守り神が憑《つ》いているとでも考えているのでしょうか」

「かもしれぬ。やつが、守り神が憑いていると本気で信じ込んでおるのだとしたら、確かになんでもできよう。真剣での戦いに、なんのためらいもなく飛び込めるのも至極当然のことだ」

「御意《ぎょい》」

目を上げて右近が左京亮を見る。

「殿、大八車から娘を助けたその男が、なにゆえ真田の若殿であるとわかったのでございますか。名乗ったのでございましょうか」

「やつは名を告げることなく、その場を立ち去った。それがなぜ真田俊介だと知れたかというと、真田家に出入りの商人がすべてを目の当たりにしていたからだ。あれは真田の若殿よ、とその商人はまわりの者に吹聴したそうだ」

いまいましさを無理にのみ込んで、左京亮はいった。

「余は殿中で真田俊介に会ったとき、本当の出来事なのか、とただした。あの男は、はて、そのようなことがありましたか、ととぼけおった」

まったく小憎たらしい男よ、と左京亮は思った。やはりこの手で斬り捨てたい。ぎりぎりと奥歯を嚙み締めた。

なかなかおさまらなかったが、気持ちが静まるのを左京亮はじっと待った。

「殿、この後、いかがなさいますか」

左京亮の気分が落ち着いたのを見計らったらしい右近がきく。

「知れたことよ」

吐き捨てるようにいって、左京亮は右近に厳命した。

「おまおとおかなの二人を亡き者にする。これしかあるまい」

「承知いたしました」

「おまおとおかなは、舟木街道を北上して萩を目指すつもりだろう。俊介という男はお節介焼きだ。きっと二人の警護に就くにちがいあるまい。俊介も殺せ。どんな手を使ってもかまわぬ。舟木から萩までおよそ十三里。ほとんどが狭い山道だ。殺《や》る機会は必ずある」

「はっ」

平伏する右近を見て、やはり余が行くべきなのか、と左京亮はちらりと思った。だが、まだ早いような気がする。真打の登場は最後と決まっている。

「今度はどんな手を使うつもりだ」

「こたびは、金造《きんぞう》と丁造《ていぞう》の二人を使うつもりでおります」

金造と丁造か、と左京亮は思った。やつらなら、俊介たちを地獄の釜《かま》に突き落とすことができよう。

だが、それでも悪い予感は消えない。

もしまた金造たちがしくじったら、余の出番ということになろうか。

——おっ。

不意に妙案が浮かんできた。

——これは、すばらしい手立てであろう。

問題は、どうやって行かせるかだけだ。

いや、知恵を働かせれば、なんということもあるまい。

心のうちで左京亮は、自信たっぷりにうなずいた。

三

風は湿っているが、雲は小さなかたまりがちらほら浮いている程度で、空は晴れている。月は山陰にあるのか、姿は見えないが、星は光の砂を投げつけたかのように一面にまばやく輝いている。提灯がいらないくらいの明るさである。

「では、行ってまいる」

俊介はできるだけ快活な口調を心がけた。下田屋の軒下に、おきみと良美、勝江、弥八が顔をそろえている。四人は、俊介と伝兵衛、おまおとおかなと同様、すでに旅姿である。

「俊介さん、早く追いついてね。待っているから」

今にもすがらんばかりの眼差しを、おきみが向けてくる。

「必ず追いつく。おきみ、案ずるな」

顔を動かして、俊介は良美に目を転じた。軒につり下がった大提灯の光の加減もあるのか、どこか潤んだような瞳で俊介を見返している。

まさか、これが今生《こんじょう》の別れというようなことはなかろうな。

そんな考えが浮かび上がり、俊介はあわてて心中で打ち消した。

そんなことがあってたまるか。俺はまたこの女性と会うのだ。

良美の姉である福《ふく》姫と俊介とのあいだには、縁談が進んでいる。この先、どういう運命をたどるのか、知る由もないが、俊介は今を力の限り生きるつもりでいる。

「俊介さん、似鳥幹之丞は襲ってくるの」

俊介にそっと近づき、背伸びをしたおきみがささやき声できく。

「やつのことだ、必ず襲ってこよう」

「俊介さん、負けちゃ駄目よ」

「決して負けぬ。返り討ちにしてやる」

おきみがじっと俊介を見て、深くうなずく。

「俊介さんなら負けないね。あんなやつにやられるはずがないわ。でも俊介さん、指切りげんまんして」

うむ、と俊介はおきみと小指を絡めた。

歌い終わったおきみが名残《なごり》惜しげに小指を離す。大丈夫、また会える、と自らにいい聞かせているような顔をしている。

この場には、宿場役人である兼行杜之進も来ている。まじめな顔を崩すことなく、あたりに目を配っていた。

「おかな、具合は大丈夫かの」

伝兵衛にきかれて、おかながこくりとうなずく。

「うん、へっちゃらよ」

そういって、いきなりおかなが左肩をぐるぐる回しはじめた。

「あっ、痛い」

顔をしかめて、おかなが左腕を下ろし、左肩をさすった。

「おかな、大丈夫」

あわてておまおが手を差し伸べる。

「まったくお調子者なんだから」

へへへ、とおかなが屈託なく笑う。

「無茶はいかんよ。また傷が破れたらどうするのじゃ。おまえさんは、思った以上におはねじゃのう」

渋い顔で伝兵衛がたしなめる。ぺろっ、とおかなが舌を出した。

「ごめんなさい」

「いや、謝るほどのことではないがの」

元気があり余っているくらいだから、この二人の姉妹は侍たちの襲撃をぎりぎり逃れられたのではないか、と俊介はおかなとおまおのことを頼もしく感じた。刀傷を負ったからといって、おかなはまったくへこたれていない。前を目指そうとしている。

俺も見習わなくては、と俊介は感じた。

「よし、そろそろまいるか」

宣して、俊介は弥八に目をやった。頼むぞ、という意味を込め、それとわかる程度に顎を引いた。任しておいてくれ、というふうに弥八が小さく首を縦に振った。

「では、出立しよう」

提灯を手に先頭を切って西国街道を西へ向かって歩き出したのは、鐘七《かねしち》である。杜之進の小者をつとめ、下田屋の廊下に正座していた男だが、地勢を熟知しているということで、杜之進が萩までの道案内につけてくれたのだ。

鐘七の背中を見て、俊介は歩きはじめた。おかなとおまおが続く。そのうしろに後衛として伝兵衛がついている。

あたりに剣吞《けんのん》な気配は漂っていない。長府毛利家の侍たちは、今この場にはいない。それは弥八が事前に探ってわかっている。

きっと、と俊介は歩を運びつつ思った。この先で待ち構えているにちがいないのだ。

一町ほど西に戻る形で俊介たちは歩き、舟木街道の追分《おいわけ》まで来た。そっと背後を振り返ると、おきみたちが下田屋の軒下にぼんやりと浮かび上がる光輪の中で、じっと見送っているのが見えた。

別れというのはつらいものだな、と俊介はおきみたちを眺め、あらためて思った。またすぐに会えるはずだから涙がにじむほどではないが、やはりどうしようもなく切なさがこみ上げてくる。おきみは悲しくて、泣いているのではあるまいか。一緒に連れていかぬとの判断を俊介は下したが、申し訳ないことをしたという思いは消えない。

だが、俊介にはまちがったことはしていないという確信がある。やはり、どうあっても連れてゆくわけにはいかないのだ。もしおきみに万が一のことがあれば、伝兵衛の言葉ではないが、俊介が腹を切るくらいでは済まされない。おはまにどんな顔をして会えばよいのか。

ようやく静かな物音に包まれつつある宿場町に遠慮したか声を出すことなく、伝兵衛が手を振った。良美たちが気づき、振り返してくる。おきみはその場で何度もはねては、両手を大きく振っている。

――必ず追いつくからな。

心の中で俊介は、おきみと良美、勝江に告げた。

そのとき、かつかつと杖を突く音が迫ってきた。提灯を手にした男が近づいてくる。

一瞬、俊介の背中に緊張が走った。伝兵衛とおまお、おかなも同様で、さっと体をかたくした。

すぐに俊介たちは安堵の息を漏らし、緊張を解いた。

近づいてきたのは、菅笠《すげがさ》をかぶった旅姿の僧侶だった。太くて長い杖を突いている。西国街道を西へと急いでおり、俊介たちに気づいて菅笠を傾けて軽く会釈しただけで、通り過ぎようとした。

それがふと立ち止まり、菅笠を上げて俊介をじっと見た。大きな瞳から放たれる光は、なかなか鋭い。まだ若く、二十歳前後といったところか。俊介とほとんど同じだろう。

「どうかされたか」

目をそばめて伝兵衛が不審げにきく。

「いや、なんとなくそちらのお方に似ているお方を知っているので……。いや、まさかこのようなところで会うはずがない」

最後は独り言のようにいった。

「なんというお方かな」

食い下がるように伝兵衛がたずねる。

「貴公らはこの道を行かれるのか。この道はどこに通じているのかな」

伝兵衛には答えず、僧侶は方向を変えるように新たな問いを発した。

「萩でござるよ」

仕方ないというように伝兵衛が答える。

「貴公らは、萩へ行かれるのかな」

「いえ、決めてはござらぬ」

「とにかく北へ向かうつもりでござるのだな。道中、お気をつけてくだされ」

「かたじけなく存ずる」

伝兵衛が頭を下げる。

「南無妙法蓮華経」

つぶやくように唱えて、僧侶が再び西を目指して歩き出した。かつかつと杖が道を叩く音が響く。

俊介はその場を動かず、しばらく僧侶を見送っていた。

「俊介どの、どうかされたか」

「なにか気になる坊さんだな」

「さようにござる。俊介どののことをじっと見ておった」

「南無妙法蓮華経と唱えたが、あれは日蓮宗だな」

「さよう。法華経であるのはまちがいござらぬよ」

「今の僧侶、どこかいやそうにお題目を唱えていたな」

「えっ、さようにござったか」

「あたしもそう思った」

俊介に賛同したのは、おまおである。

「若くてきれいな顔立ちをされていたけれど、少し目元に険ができたような感じだった」

「おまお、よく見ておるな」

感心したように伝兵衛がいう。

「大したこと、ないよ。おっかさんがおとっつぁんに怒ったときの顔によく似ていたの」

両親のことを口にして、おまおが目を伏せた。いくらおまおとおかなが元気だとはいえ、一年前に押し込みに遭い、二親を殺されているのだ。いまだに悲しみが癒えないのも、無理はない。

「おかな、本当に傷は大丈夫か」

萩街道に入り、僧侶のことが頭から消えてから俊介はきいた。

「うん、平気よ。二日もお宿でじっとしていたんだもの。さっきみたいなことをすると、痛いけど、痛みももう大したこと、ないよ」

「それならばよいが」

あれから俊介たちは下田屋に二泊して、おかなの肩の傷が癒えるのを待った。おかなを下田屋に置き、おまおだけで萩に行くという手立ても考えられぬではなかったが、それはおまおもおかなも望まなかった。

特におまおには、妹を残して一人で行くという考えはまったくなかったようだ。これまで、二人はずっと一緒だったのだろう。それは、これからも変わらないのだ。姉妹の絆《きずな》の強さを感じる。

俊介たちが下田屋に籠《こ》もっていた二日のあいだ、毛利長府家の侍たちによる襲撃はなかった。近くにひそんでいるような気配も感じなかった。下田屋の近くでは杜之進が配下とともに目を光らせていたし、俊介たちも決して油断しなかった。

やつらはもちろん、おまおたちが下田屋に逗留《とうりゅう》していることは知っていたのだろうが、いくら二人の幼い娘の命を無慈悲に奪おうとした者たちといえども、宿場役人の目が光っている中、さすがに他領の旅籠を襲撃するという荒っぽいやり方を選ぶことは、できなかったのだろう。

宿場医者の旦仁には、昨夜、もう一度、おかなを診てもらった。傷はしっかりふさがったとのことで、よほどの無理をしない限りまず破れるようなことはないでしょう、と旦仁はいった。肩の傷よりもむしろ、おかなの心の痛手を旦仁は気にしていたようだが、それもおかなが元気を取り戻したのを見て、払拭《ふっしょく》されたようだ。

それは俊介も同じである。それにしても、と思う。おまおとおかなの二人はいったいどんな秘密を抱えて、萩を目指そうというのだろうか。

この道中、どこかの宿場で一泊し、その翌日には萩に着けるはずだ。そのあいだに二人の口から、なにか聞くことができるだろうか。

いや、聞けずともかまわぬ。とにかく、この二人を無事に萩に送り届けることが、最も大事な事柄だ。

ほかはなにも考えずともよい。

四

気配を感じた。

顔を上げた似鳥幹之丞は、傾きかけた山門をくぐる一人の男を認めた。僧体で、杖を突いている。

幹之丞は手ぬぐいで手をふいた。ちょうど境内の井戸で、顔を洗っていたところだ。小さいが造りはしっかりしている鐘楼の横を通り、足早に男に近づいていった。

男が幹之丞に気づき、立ち止まって笠を脱いだ。眼光鋭く幹之丞を見つめる。

ほう、なかなかよい目をしておる、と半間ほどまでに近寄って幹之丞は思った。

「ここは岸円寺《がんえんじ》か」

低い声で男が問う。

「あの山門に扁額が掲げられておるが、見なかったか」

「達筆すぎて読めなんだ」

「そうか。——中松先之進《なかまつさきのしん》どのか」

「おぬしは似鳥どのだな」

さよう、と幹之丞は答えた。

「ずいぶん遅かったな。待ちかねたぞ」

「途中、安芸国《あきのくに》で土砂崩れがあった。道が不通となり、五日ものあいだ旅籠に閉じ込められたのだ」

いまいましげに先之進が説明する。

「次から次へと客が押し寄せ、旅籠はぎゅうぎゅう詰めよ。まさかあのような羽目に陥るとは、夢にも思わなんだ。相変わらずついておらぬ」

相変わらずか、と幹之丞は思った。つきのない男は当てにはできない。むしろ、こちらが引きずられる恐れすらある。

「それは大変だったな。――こんな明け方に着くなど、夜通し歩いてきたのか。無事でなによりだ」

ふん、と先之進があざけるような笑いを見せた。

「夜道は危ないか。確かに夜盗が出おった。懲《こ》らしめてやったが」

杖を持ち上げ、先之進が軽く振った。ほとんど音は立たなかったが、その振りは目にもとまらぬほどの速さを秘めていた。

もっともこのくらいやれて当然だろう、と幹之丞は思った。でなければ、大岡勘解由が俊介を亡き者にするためにわざわざ送り込んでくるはずがない。幹之丞に驚きはなかった。

「夜盗は何人いた。殺したのか」

「五人だ。殺してはおらぬ。ただし、両腕を折った。二度と悪さはできまい」

そうか、と幹之丞はいった。

「腹は減っておらぬか」

「なにか食べさせてもらえるのか」

「大したものは出ぬ。茶漬くらいだ」

「寺では茶漬ばかり食っていた」

先之進が苦々しげに顔をゆがめた。

「茶漬はいやか」

「空腹よりましだ。もらおう」

こぢんまりとした本堂の脇を進み、幹之丞は先之進を食堂《じきどう》に案内した。十畳ほどの広さを持つ四角い建物である。半分が土間で、残りは板間になっている。

「適当に座ってくれ」

うなずいた先之進が杖を戸口脇の壁に立てかけ、草鞋を脱いで板間に上がった。笠をかたわらに置いて、座り込む。

土間にしつらえられた竈《かまど》で幹之丞は湯を沸かし、先ほど炊き上がったばかりの飯を丼にたっぷりと盛った。

沸いた湯で茶を淹《い》れようとしたが、それを先之進が制した。

「茶漬ではなく湯漬にしてもらえぬか」

「湯漬のほうが好きか」

「湯漬のほうがうまい」

「寺で、いやなことでもあったか」

憤懣《ふんまん》やるかたないという顔で、先之進が吐き捨てる。

「寺を出るとき、三人ばかりを半殺しにしてきた」

なぜそのような真似を、ときこうとして幹之丞はとどまった。寺院といえども、聖人ばかりがそろっているわけではない。陰湿ないじめがあるとも聞く。

先之進は若くて小柄だし、よくよく見れば、濡れたような黒目にぼてっとした厚みのある唇をしている。先輩僧侶の欲望のはけ口にされたのかもしれない。

「ところで――」

幹之丞は少し会話の方向を変えた。

「おぬしに会いに大岡勘解由はやってきたのだな。そのときなんといった」

「若殿を殺せ、さすればこの寺を出し、一家を立てさせてやると」

「ほう、一家をな。おぬし、無理に寺に入らされた口か」

「口減らしのためにな。もともと貧乏侍の五男だ。二親は、はなから家中での養子入りをあきらめていた。冷や飯食いのまま養ってゆくのもつらいということで、俺は寺に行かされたのだ」

「いくつのときだ」

「まだ六つだった」

その歳では、先輩僧侶になにをされても文句はいえまい。あらがうこともできなかっただろう。

「さぞつらかったろう」

「なに、大したことはない」

明らかに強がったが、幹之丞に憐情を寄せられて先之進の頬がわずかに輝きを帯びた。この男、うれしかったのだな、と幹之丞は思った。このあたりに、刺客らしからぬ若さが出ている。まだほんの二十歳くらいだろう。俊介とさして変わりはない歳だ。

湯漬飯の丼と二つの梅干し、四切れのたくあんが入った小鉢がのった膳《ぜん》を、幹之丞は先之進の前に置いた。

おっ、という顔をし、先之進が舌なめずりする。

「こいつはうまそうだ。おぬし、器用だな」

「その器用さがあだになっておる。男は不器用くらいがちょうどよい」

「そういうものかな。――ここは空き寺のようだが、おぬし一人か」

「年老いた住職が一人で暮らしていたらしいのだが、二月ばかり前、病で死んだそうだ。このまま廃寺になるのか、後釜が入ってくるのか、まだ決まっておらぬとのことだ」

「空き寺に勝手に居着いたのか」

「檀家に金を払った。おぬしが来るまでという約束で借りたのだ」

「なるほど。この寺で、西からやってくる若殿を待ち構えるつもりだったのだな」

「だが、やつはもう通り過ぎた。三日前のことだ」

俊介一行が西国街道を行くのを、幹之丞は鐘楼の屋根に身を伏せて眺めていた。その目に気づいたわけでもなかろうが、足を止めた俊介がしきりにこの寺のことを気にしていた。結局は境内に入ってくることもなく、足を速めて街道を進んでいった。一行は俊介に伝兵衛、おきみ、有馬家の姫と侍女という顔ぶれだった。

「それはすまぬことをした」

眉根を寄せ、先之進が謝った。

「なに、かまわぬ」

平然と幹之丞は答えた。

顔を上げ、先之進が確かめるように問う。

「若殿は江戸を目指しているのだな」

「その通りだ。一息ついたら追うぞ」

昏を突き出し、先之進がむう、とうなり声を上げる。

「どうした」

「似鳥どの、いま若殿がどこにいるのか、知っておるのか」

「西国街道を江戸へ向かっていよう」

「見張りは」

「つけておらぬ。下手《へた》に気配を感じさせたくないゆえ」

「では、今どこにいるのか、詳しいことは知らぬというわけか」

「まあ、そうだな。東へ向かって急げば、やつらは必ず見つかる。足弱も連れておるし、難なく追いつけよう」

先之進がむずかしい顔になった。

「実はな、先ほど隣の宿場で若殿らしい者を見かけたのだ」

「――なに。隣というと、舟木宿か」

「俺は若殿にじかに会ったことはないが、ご家老から渡された人相書にそっくりな男が路上にいたのだ。思わず足を止め、その男に見入ってしまった。果たして本人かどうかわからぬが、よく似ていたのは事実だ」

「舟木宿にやつが――」

　あり得ぬ、と幹之丞は思った。ここ岸円寺は厚狭市宿の西の端に位置しているが、三日前にこの寺の前を通り過ぎた俊介一行が、どうしていまだに舟木宿にいるのか。今頃はとうに周防国に入っていなければおかしい。

「俺は、嘘はいわぬ。まちがいない。若殿らしい男は北へ向かおうとしていた」

「北へ……」

「萩かもしれぬ」

　舟木宿に萩へと向かう舟木街道の追分があるのは、幹之丞も知っている。だが、なぜあの男が北を目指さなければならぬのか。

　飛脚を殺してまでわざわざ手に入れた芽銘桂真散を幹之丞が俊介にあっさり返したのは、あの男にどこにも寄り道をさせず、まっすぐ江戸へ行かせるためだ。

あの薬をおきみが所持している限り、俊介はおきみの母親のためにひたすら江戸に向かうしかない。下手に見張りをつけずとも、あの男を見失う心配はないのだ。

「その街道は、舟木街道と呼ばれている道だろう。北へ向かおうとしていた男は一人だったのか」

もしや俊介という男の常で、またも面倒を抱え込んだのではないか、と直感した幹之丞は先之進にたずねた。

「一人ではない。歳のいった侍と幼い二人の娘が一緒だった」

歳のいった侍というのは、海原伝兵衛にちがいなかろう。ということは、その男は俊介でまちがいない。

幼い二人の娘というのは誰なのか。

少し考えた幹之丞は、やはり、と思った。あの男はまたも厄介ごとをしょい込んだのだ。真田俊介という男の人のよさには、あきれるほかない。おきみや良美主従が一緒でないのは、先に江戸へ向かわせるために相違あるまい。何者とも知れぬ幼い二人の娘の用事が済んだら、俊介は伝兵衛とともにおきみたちを追いかけるつもりでいるのだ。

西国街道を東へ向かうのは、おきみと良美主従だけなのか。いくらあとから追いつくつもりでいるとはいえ、俊介は女だけでしばらく旅をさせる気でいるのか。

いや、そうではない。きっと忍び崩れの弥八が一緒なのだ。弥八がいれば、おきみたちにはなんの心配もいらない。

俊介の警護役には皆川仁八郎という剣の天才がいたが、いつの間にか姿が見えなくなった。どうやら、なんらかの病のせいで一行から脱落したようなのだ。俊介を狙う身にとって、ありがたいことこの上ない。

首を曲げ、幹之丞は先之進に目を当てた。

「食べ終わったか」

「うむ、うまかった。かたじけない。——若殿を追うか」

「いや、一休みしてくれ。夜通し歩いて、眠かろう」

「よいのか」

ほっとした顔で先之進がきく。

「かまわぬ。俊介がどこを目指しているのか知らぬが、舟木街道は西国街道とはくらべものにならぬほど人影はまばらだろう。そんな道を行くのなら、まず見失うことはない。二刻後に起こしに来るゆえ、ここでよければ寝てくれ」

「ありがたし。腹がくちくなって、正直、眠くてならなかった」

「枕はいるか」

「手枕で十分よ」

先之進が横たわり、目を閉じた。眠りに落ちるかと思ったらすぐに目をあけ、幹之丞を見つめる。

「おぬし、疲れているのか」

いきなりきかれて、幹之丞は面食らった。

「なにゆえそのようなことをいう」

「いや、目の下にくまができておるゆえ」

「まことか」

幹之丞はごしごしとこすった。

「そんなことをしても取れぬぞ」

哀れむように幹之丞に告げた先之進が、静かに目を閉じた。すぐさまいびきをかきはじめる。

――なんだ、今のは。

どこかいまいましい気分で、幹之丞は先之進を見やった。疲れているのか、と人にきかれたのは、これまで生きてきて初めてのような気がする。

疲労が顔に出ているのか。

俊介を狙いはじめてかなりの日数がたつが、やつにはそれだけの労苦を強《し》いられているということか。

そうかもしれぬ。だが、必ずやつは殺す。なんの手間もかけず、辛酸もなめずに亡き者にできる男など、つまらぬ。

真田の軍神が憑いているような、とんでもなく命冥加な男をあの世に送り込む。そのほうがやり甲斐があるというものだ。

俺は、と幹之丞は思った。決して疲れてなどおらぬ。気分が高ぶっているのだ。

それが顔に出ているだけに過ぎぬ。

五

狭く、暗い。

それに静かだ。

舟木街道を歩きながら俊介は、額と首筋に浮いた汗を手ぬぐいで拭き取った。

幅が二尺ばかりの街道は、山中を縫うように走っている。

人影は、とんと見ない。前を行く者はなく、すれちがう者も滅多にない。

怪しい者の気配も感じない。少なくとも、後ろからつけてきている者はいないようだ。むろん、先回りされている恐れは十分すぎるほどある。

耳に届くのは、自分たちの足音と息づかい、それに樹間を飛びかう鳥たちの鳴き声だけだ。木々にさえぎられて風は吹き込まず、梢《こずえ》がざわめくことはほとんどない。小さな空には、いつの間にか雲が寄り集まってきているが、底が抜けたように全体が明るく、雨の心配は当分いらないようだ。

降らぬでほしいな、と俊介は祈った。雨で道がぬかるむと、疲れは倍以上になる。今でもこのあいだの雨の影響で、ときおりゆるいところがあるのだ。自分たちはまだいいが、足腰に力がないおまおとおかなの二人には、相当のきつさを強いることになろう。

前を行く鐘七が、案じ顔を振り返らせる。

「お疲れではありませんか」

すぐさま俊介は後ろを見た。自分はまったく大丈夫で、息切れも足のだるさも感じていないが、そんなことを口にしたら、おまおやおかなが休みにくくなるだろう。

「おまお、おかな、疲れておらぬか」

「私は大丈夫です」

おかながいち早く答える。

「私もへっちゃらです」

おまおが妹に合わせるようにいった。

歩を運びつつ、俊介は特におかなの顔を注意深く見た。怪我の影響は出ていないだろうか。おかなは汗をさしてかいてはおらず、顔色も悪くない。ただ、わずかに唇の色が青くなりつつあった。

これはよくない兆候だろう。

「鐘七、少し休むとするか」

鐘七に言葉を投げてから、俊介はおまおとおかなを再び見やった。

「もうかなり歩いた。舟木から三里は来たのではないか」

「えっ、もうそんなに――」

おかなが驚きの声を上げる。

「全然歩いた気がしない」

「それだけ気を張っているということだろうな。疲れていないというのは本当だろうが、おかな、適度に休んでおかぬと、あとで必ず疲れがどっと押し寄せる」

「はい、わかりました」

おかなが素直にうなずいた。

「俊介さま、そのお地蔵さまのところはいかがですか」

鐘七の声が耳に届き、俊介はそちらに顔を向けた。

鐘七の指さす先には、二体の小さな地蔵が立っている。土地の者の手が入っているらしく、地蔵が並んでいるところは、草がきれいに刈り払われていた。

俊介たちはその場に座り込み、竹筒を傾けた。先ほど泉で汲《く》んだばかりの水で、冷たくて、とても喉越しがいい。それにどういう加減か、俊介たちが腰を下ろした場所には風がすうすうと吹き込んできて、爽快である。汗が一気に引いてゆく。

「ふう、お水はおいしいし、とても気持ちがよいところね」

おまおが笑顔になり、おかなも、ほんとうね、と笑っている。

「伝兵衛も飲め」

俊介は、伝兵衛に声をかけた。伝兵衛だけが腰を下ろさず、あたりに警戒の目を放っている。

「まだ喉は渇いておらぬゆえ、平気にござる」

相変わらず強がりだな、と思ったが、俊介は伝兵衛のしたいようにさせるつもりでいる。水を飲まないほうが、疲れを呼ばないと考える者は少なくない。特に、年寄りに多いような気がする。水を飲んだところでどうせ汗として出てしまうのだから、と。渇いた喉は潤したほうが体のためによいと思うのだが、果たしてどうなのだろうか。

「鐘七、この先に宿場はあるのか。先ほど湯治場らしい宿場があったが」

いかにも山間《やまあい》の温泉場という風情で、数軒の木賃宿が軒を連ねていた。白い湯気がいくつも上がり、のんびりくつろいでいる様子の浴衣《ゆかた》姿の年寄りが何人も目についた。

俊介にきかれて、ふふ、と鐘七が笑う。

「俊介さま、脇街道といっても、あまり馬鹿にしたものではありませんよ。宿場間の距離がほかよりも長いですけど、宿屋はちゃんとしたものがございます」

「それを聞いて安心した」

「鐘七どの、萩へ行くのには一日では無理であろうの。どこかで一泊しなければならないのであろう」

立ったまま伝兵衛がたずねる。

「今日はできれば萩往還の追分となっている明木宿《あきらぎ》まで行きたいところですが、ちと無理でしょうね。今宵は、大田宿《おおだ》あたりで宿を取ることになりましょう。舟木から八里ばかりのところにある宿場です。この街道は山間を通っているせいで、夜が早いですから、早めに投宿したほうがよろしいかと存じます」

「承知した」

俊介は深く顎を引いた。

「この山道で八里ならば、一日の距離としては十分過ぎるほどだ」

「俊介どののおっしゃる通りにござる」

伝兵衛が同意するのを見た俊介は、おまおとおかなに顔を向けた。

「さて、そろそろまいるか」

はい、と二人が元気のよい声をそろえる。疲れを見せずに姉妹が歩き出した。

「二人の返事は実にすばらしいな」

俊介はほめたたえた。

「元気な者には、必ず運がめぐってくる。きっと無事に萩へと行き着けるであろう」

「元気のない人は、運が悪いのですか」

首をかしげて、おおおがきいてきた。

「もちろん、そういう者すべての運が悪くなるわけではないだろうが、天から見ている神さまは、もし誰かを引き上げようとするつもりならば、元気のよい者を選ぶのではないか、と思う。選ぶ側も、そのほうが気持ちがよいだろうからな」

つと、おおおの顔が沈んだ。

「どうした」

予期していない表情で、俊介はあわてて問うた。

「おとっつぁんのことを思い出したんです。そういえば、死ぬ前、あまり元気がなかったなあって」

「そうか、元気がなかったのか」

これは、こたびの事件と関わりがあるのか。ないと考えるほうがどうかしているだろう。

「おっかさんも、なかったね」

おまおの後ろを進むおかながいった。

「うん。押し込みに入られる前、二人ともなにか具合が悪いところがあるみたいに、顔色もよくなかった」

「心配事でもあったのかな」

「多分……」

「それがなにかはわからぬのだな」

「はい」

それきり会話は途絶えた。だが、と俊介は思った。とにかく、二人はここまで話してくれるようになったのだ。

道が下りになり、川のせせらぎが聞こえてきた。右手が谷になっており、すぐ下りられるような河原が見えた。しぶきを上げ、涼しげな流れが岩を激しく嚙んでいる。

「水を汲むか」

「そういたしましょう」

俊介たちは河原に下りた。

「これはなんという川だ」

ざぶざぶと顔を洗い、喉を潤して俊介は鐘七にきいた。

「大田川《おおだ》でございます」

「今宵に泊まる予定の大田宿と同じ名か」

さようにございます、と鐘七が答える。俊介は竹筒を一杯に満たした。

「ああ、冷たくて気持ちがいい」

「本当ね」

おまおとおかなは、流れに突き出した岩の上に座り込んで、水に足をつけている。二人の笑い声が谷間にこだましてゆく。

娘らしい元気さを取り戻してくれて、俊介はうれしかった。

伝兵衛は一人、街道上に立ち、まわりに油断なく目を配っている。

「伝兵衛、そなたも顔を洗え。生き返るぞ」

「俊介どの、そのあいだ、見張りを頼んでもよろしいか」

「任せておけ」

うなずいて、街道に出た俊介はいつでも刀を抜ける姿勢を取った。

雲は相変わらず空を覆っているが、陽射《ひざ》しがさえぎられてむしろありがたいくらいだ。先ほどの地蔵の場所と同様に、風の通り道になっているようで、梢が騒ぐたびに気持ちよく汗が引いてゆく。

河原に下りた伝兵衛が膝をついて顔を洗い出した。ついでに、ごくごくと勢いよく水を飲んでいる。さすがに我慢できなかったか、と俊介はおもしろかった。

しばらく休んだおかげで、俊介たちはすっかり元気を取り戻した。

「おまお、おかな、もうよいか」

「はい、ありがとうございます」

足を手ぬぐいでふき、草鞋を履いて、おまおとおかなが街道に戻ってきた。

「よし、まいるか」

俊介たちは再び街道を歩き出そうとした。

だが、そこに十数人の侍がばらばらと足音高くあらわれ、前途を阻んだ。案の定というべきなのか、この者たちは特に人けのない場所を選んで、待ち構えていたのだ。

「出おったな」

腰を落とし、俊介は侍たちをにらみつけた。全部で十六人いることを、素早く見て取る。

「伝兵衛、おまおとおかなを頼む」

「それはかまいませぬが、俊介どのが一人で戦われるのか」

「そういうことだ」

侍たちに目を当てたまま、俊介はいった。

「しかし——」

「伝兵衛、つべこべいわず、二人を守れ。よいか」

「はっ」

「鐘七、そなたは安全な場所に隠れておれ」

「ええっ」

　鐘七が意外そうな声を発する。

「手前も俊介さまのお力になります。そのために道案内を買って出たのですから」

　すらりと音がした。鐘七が道中差を抜き放ったのだ。俊介はちらりと鐘七を見た。顔には決死の覚悟が刻まれている。

「ならば、伝兵衛と一緒におまおとおかなを守ってくれ。ただし、鐘七、無理は決してするな。よいな」

「承知いたしました」

　鐘七が深くうなずき、道中差を侍たちに向けて構えた。正眼の構えだが、存外にさまになっている。これならば、戦力になるかもしれない。

　だからといって、無茶をさせるわけにはいかない。断じて死なせるわけにはいかないのだ。そんなことになったら、鐘七の家人に申し訳が立たない。鐘七には、若い女房と三歳の男の子がいるという。無事に家に帰さねばならない。

伝兵衛も抜刀し、侍たちをねめつけた。ぎゅっと押し込められるように、気迫と気合が体に満ちてゆくのがはっきり伝わってくる。

おまおとおかなは、伝兵衛と鐘七の後ろに身を寄せた。さすがに動揺した様子は隠せないものの、二人ともよく光る目で、負けるものかとばかりに侍たちをじっと見ている。

――頼むぞ。

無言で伝兵衛と鐘七に語りかけた俊介は刀を抜き、侍たちに向かって一気に突っ込んだ。この姿を見て伝兵衛ははらはらしているのだろうな、と思った。

だが、俺がこの者たちにやられるはずがない。相手が多勢といっても、腕がちがう。天才剣士の皆川仁八郎に、ひたすら鍛えられてきたのだ。仁八郎の剣に比べたら、この者たちの斬撃など、風に揺れる暖簾程度の速さにしか目に映らないだろう。

俊介は一人目の小手を打ち、二人目は左腕に斬撃を軽く入れた。三人目は腰を低く落とし、刀を横に払った。膝の上を斬られた若い侍が、足を引っかけたように転ぶ。

三人の侍が河原を走って、俊介のうしろに回ろうとする。そうはさせじと、俊介も河原に下りた。とにかく背後を取られないようにしなければならない。多勢の敵を相手にするときは、それが鉄則だ。

街道がぽっかり空いたのを見て取った五人の侍が一団となって街道を走り、まっすぐ伝兵衛たちのほうへ進んでゆく。俊介はそれを阻止しようとしたが、河原に出た三人が刀を振りかざして、襲いかかってきた。

俊介は胴、逆胴、袈裟斬りと刀を繰り出して、三人を瞬き二度ばかりのあいだに倒した。いずれも軽く刃を入れ、腕や足に傷を負わせたのだ。

三人とも傷口から少なくない血をしたたらせ、荒い息をついて、俊介を見つめている。体をふらつかせながらも、なんとか倒れずにいるのが精一杯のようだ。

そのとき、悲鳴が俊介の耳を打った。はっとして顔を向けると、左肩のあたりから血しぶきを上げて鐘七が倒れたところだった。

伝兵衛は三人の相手をし、すでにいずれも峰打ちにして地に這わせているが、残りの二人が鐘七を襲ったのだ。

「鐘七っ」

俊介は声の限りに叫んだ。そこに二人の敵が突進してきた。袈裟懸けが見舞われる。白刃が白い光となって一気に迫ってくる。

俊介は負けじと下段から刀を出した。俊介の刀のほうが速さがまさり、刃は敵の肘《ひじ》の下に小さな傷をつくった。うっ、とうめいて敵が下がる。

右側から来たもう一人の敵の逆胴をよけるや、袈裟斬りを浴びせた。手加減し、左肩をわずかに打つ。それだけで着物が破れ、血が出てきた。左肩をやられた侍が顔をゆがめ、よろけるようにして背後に引いた。

「おのれっ」

伝兵衛の声が耳に届いた。怒りに震えた伝兵衛が刀を振るい、鐘七に傷を負わせた二人を一瞬のうちに倒していた。両者とも左肩を強烈に打たれ、芋虫《いもむし》のように地面を這《は》いずっている。二人の左腕はまったく動いていない。肩の骨が砕かれたのではあるまいか。

伝兵衛がそこまでやるとは、よほど怒りを抑えられなかったのだろう。

「まだやるか」

仁王立ちになり、炎が出るのではないかというほどの目をした伝兵衛が侍たちに叫ぶ。

敵の侍たちはすでに九人が倒され、残りは七人になっている。その者たちのなかにも、大した腕を持つ者はいない。やり合ったところで結果は見えている。

「ひ、引けっ」

一人が叫んだ。あの男は、と俊介はその侍に目をとめた。功山寺で他の侍の指揮を執っていた痩身の男ではないか。

——捕らえてやる。

だが、その俊介の思いを察したように、痩身の侍がきびすを返し、あっという間に山中に姿を消す。傷を負った者も負っていない者も、同じように走り出していた。

このうちの一人を捕まえ、吐かせるか、という思いにとらわれたが、下っ端の者はなにも知らないだろう。ただ、左京亮の命の通りに動いているだけだ。

十六人いた侍は、すべていなくなった。

「無事か」

おまおとおかなのもとに俊介は駆け寄った。さすがに息は荒い。

「私たちは大丈夫ですけど……」

おまおとおかなは、鐘七のことを気にしている。特に、おまおは泣き出しそうな顔をしている。

「うう……」

なんとか立っているが、鐘七はうめき声を発し、顔をしかめている。

「鐘七」

俊介は声をかけた。鐘七がにやりと笑う。

「かすり傷ですよ」

「そうとは見えぬ」

命に関わる傷ではないだろうが、軽くもないように思えた。

「血止めをしよう。そこに……」

俊介にいわれて、鐘七が岩の上に腰かける。俊介は鐘七の着物を裂いた。左肩の傷は三寸ばかりの長さがある。骨も傷ついているようだ。血が腕を伝って、だらだらと流れ続けている。

俊介は手ぬぐいで傷口を縛りつけ。とりあえず血を止めた。

「医者の手当が必要だ」

俊介は鐘七をじっと見た。

「すみません、足手まといになってしまって」

「足手まといなど、そんなことは微塵も思っておらぬ。鐘七、このあたりに医者はおらぬか」

「このあたりは綾木《あやぎ》というところに近いのです。綾木の宿場役人の屋敷があります。そこなら、医者を呼んでもらえるかもしれません」

「よし、そこに行こう。道を指示してくれ」

「このまま舟木街道をまっすぐ行ってください」

「わかった」

「俊介どの、それがしが」

申し出て、伝兵衛が鐘七に背を見せた。

「とんでもない、歩きます」

「その怪我では無理だ。四の五のいわず、負ぶされ」

「わかりました」

申し訳ない顔で、鐘七が伝兵衛の背中に静かに乗った。

「では鐘七、行くぞ」

「はい、すみません」

伝兵衛が力強く歩きはじめた。

「伝兵衛、あまり揺らさぬようにな」

「わかっておりもうす」

「疲れたらいってくれ。代わろう」

「承知しました」

半里も行かないうちに、俊介たちは小さな宿場に入った。街道沿いに人家が寄り集まっている。旅籠も二軒ばかりあるようだ。

「ここが綾木宿か」

あまり人はいない。寂れてはいないが、あまり元気のある宿場ではない。山間の宿場は、どこも似たようなものだ。

「さようです」

鐘七が伝兵衛の背中で答える。

「その道を左に行ってください」

左側に口をあけている路地を、鐘七が指し示す。

そこを入ると、やがて黒々とした焼杉の壁板が俊介の目に飛び込んできた。その手前に冠木門《かぶきもん》がある。

なかなか宏壮な屋敷ではないか、と俊介は思った。

門を入ると、手代らしい男が早足で寄ってきた。

鐘七とは顔馴染《なじ》みのようだ。

すぐに医者が呼ばれた。といっても、家畜をもっぱらに診ている医者である。

だが、腕はよく、創傷の手当は得手とのことだ。

その医者によると、鐘七の傷は俊介たちの予期した以上に重く、当分のあいだは動かせないという。

「当分というと」

「五、六日は安静にしていたほうがよいでしょうな」

とにかく、俊介たちはこの宿場役人の屋敷で一泊することになった。

第三章　月影の秘槍

一

朝餉《あさげ》が供された。

「昨夜に引き続いてこのような物しか出せず、まことに申し訳なく存じます」

屋敷のあるじである田中弥五兵衛《やごへえ》が丁重な口調で述べて、深々と頭を下げる。

四十前にしてはしわ深いが、いかにも篤実《とくじつ》そうな顔は、この人物が田舎の宿場役人としてうってつけであることを語っている。

「とんでもない」

俊介は恐縮し、手のひらを振った。

「昨晩もことのほか、すばらしい食事であった。今朝もこれだけの物をいただけるなど、それがしどもはこの上なく満足に思うている。まことかたじけない」

目の前の膳には、五分づきほどの飯米、かまぼこを茹《ゆ》でたもの、豆腐の味噌汁、漬物がのっている。

「そうおっしゃっていただけると、心が軽くなります」

「ほんとおいしそう」

おかなが弾んだ声を上げる。

「駄目でしょ」

すぐさまおまおが妹を叱《しか》る。

「鐘七さんのことを考えたら、そんなにはしゃいじゃ」

「ごめんなさい」

おかなが、しょんぼりとうなだれる。

「おまお、そんなに厳しくせずともよいではないか」

おかなをかばって伝兵衛がなだめる。

顔を上げ、おまおが伝兵衛を見つめた。強い光が瞳に宿っている。姉として一所懸命に気を張っているのが明らかな目だ。

「鐘七さんは、私たちのために怪我をされたのです。今も眠ったきりで、食事だって満足にとれないのに……。鐘七さんのことを本気で案じているのなら、このお膳を見てうれしがるなんてことは、できないはずです」

ますますおかながしゅんとなる。

「おまお」

俊介は優しく呼びかけた。

「おかなは、鐘七のことを本気で気遣っているさ。心配でならないし、申し訳ない気持ちで一杯だろう。おかなが思いやりの深い娘であるのは、おまお、そなたが一番よく知っているはずだ。膳を前にして、おかながはしゃいだのは、先ほど目覚めておなかがとても空《す》いているからだ。若いのだから無理もない。それに、もしおかながこの膳を見て、おいしそうといわなかったら、俺がいっていたところだ」

その言葉を裏づけるように俊介の腹が、ぐーと大きく鳴った。

「おっ、これは……」

聞こえない顔をしようとしたものの、俊介が大仰にあわててみせたので、おまおがこらえきれずにくすりと笑う。まじめな顔を保とうとしていたが、おまおに引きずられるようにおかなも噴き出した。

「それがしの虫も鳴きもうした」

伝兵衛が腹をさすって笑う。ほおを柔和にゆるめ、弥五兵衛もにこにこしている。場の雰囲気が一気に和《なご》んだ。

ひとしきり皆で笑ったあと、俊介はおまおとおかなにいった。

「ご亭主の心尽くしだ。さあ、あたたかなうちにいただこう」

俊介は箸を手に取り、かまぼこをつまんだ。口に持っていこうとして、弥五兵衛がじっと見ているのに気づいた。

「どうかしたか」

「えっ。いえ、お口に合うものかと案じられて、つい。失礼いたしました」

弥五兵衛が目を畳に落とした。そうか、といって俊介はかまぼこを咀嚼《そしゃく》した。

「やはりうまい。魚の旨《うま》みがしっかりしており、その上に塩梅がすばらしい。長州のかまぼこや竹輪は、なにゆえこんなに美味なのかな。江戸のものよりずっとうまい気がする」

「それがしも俊介どのと同じ意見でござる」

「これが当たり前と思っておりますから、どうして長州の練物《ねりもの》がおいしいのか、それがしにはとんとわかりませぬが、このような山の中でも、おいしいかまぼこや竹輪には事欠きません。まことありがたいことでございます」

ほっとしたような弥五兵衛の言葉を耳にしつつ、俊介は椀を手にした。こちらも魚のだしが利いていて、心がほんわかとあたたかくなるような味噌汁だ。

「ああ、おいしい」

おまおが感嘆したようにいう。

「体に染み渡るようなお味噌汁だわ」

「ほんとうね」

心からうれしそうにおかながうなずく。

伝兵衛は、無言でひたすら箸を動かし続けている。食事のうまさに感心しきっているのは、表情が物語っている。

大満足の朝餉が終わり、弥五兵衛と給仕をしてくれた女中に礼をいって俊介たちは奥の間に引き上げた。

寝床が敷かれ、その上に鐘七が横たわっている。俊介たちが朝餉を食べに出たときにはまだ眠っていたが、すでに目を覚ましていた。枕元に昨日、鐘七の傷の手当てをした医者がいる。名は道兼《どうけん》。

「鐘七の具合はいかがかな」

道兼の隣に正座し、鐘七にうなずきかけてから、俊介はたずねた。おまおやおかな、伝兵衛が俊介の後ろに座った。

道兼がやや渋い横顔を見せる。

「昨日とほとんど変わっておりませんな。手前の手当が悪かったわけではないと思うのですが」

「先生の腕は確かだ。昨日見ていて、手際にほれぼれしたくらいだからな」

　姿勢を改め、俊介は道兼をじっと見た。

「鐘七はやはり五、六日は安静にしていないといかぬのだな」

「さよう。無理をすれば傷口が開き、膿《う》み出すでしょうな」

「先生、大丈夫ですよ。そんなに休むことはありませんや。ほら、この通りですよ」

　強い口調でいって、鐘七が起き上がろうとする。すぐに顔をしかめ、そのままぴたりと動けなくなった。

「ほら、無茶をしてはいかんよ」

　たしなめて、道兼が鐘七を静かに寝床に戻した。

「ちくしょう」

　枕に頭を預けて、鐘七が涙を流さんばかりに悔しがる。

「なんて、情けないことになっちまったんだ。このままじゃ、おまおちゃんたちの役に立てないじゃないか」

ぜいぜいと荒い息をついている。

「鐘七、気にするな」

穏やかな眼差しを注いで俊介はいった。

「ここで無理をして、もしそなたに命を落とされでもしたら、俺たちは残りの一生を悔いながら過ごさねばならぬ。無理は禁物ぞ」

「俊介さまのおっしゃる通りです」

体を前に乗り出し、おまおがいう。

「これから先は、俊介さまと伝兵衛さまがいらっしゃれば大丈夫です。鐘七さんは、ゆっくりとお休みになってください」

「うむ、そうしたほうがよい」

俊介はすぐに言葉を続けた。

「鐘七、そなたの大事な女房に文を書け。子と一緒に飛んでくるかもしれぬぞ。舟木の町でそなたの帰りを待っているのだろう」

「ええ、さようですが……」

無念そうに鐘七が枕の上でがくりとうなだれる。

「では、手前はこれで失礼いたします。鐘七さん、お大事にな」

道兼が腰を上げた。この傷が治るまでということで、代は道兼にいわれるままにすでに俊介が支払ってある。

「先生、ありがとうございました」

鐘七がいい、俊介も同じ言葉を発して深く頭を垂れた。伝兵衛やおまお、おかなも同様の姿勢をとっている。

道兼が出てゆくのを確かめてから、俊介は鐘七に体を向けた。

「鐘七、承知だな。ここでおとなしくしているな」

俊介が強くいうと、鐘七の目が悲しげなものになった。

「わかりました。こちらのお屋敷でしばらくお世話になることにいたします。この体で俊介さまたちと一緒に行っても、足手まといになるだけだ」

「わかってくれて、鐘七、かたじけない」

「――ああ、俊介さま、お顔をお上げください。俊介さまは、手前のことを第一にお考えになってくださった。感謝しなきゃいけないのは、手前のほうですよ」

「そうか、うれしい言葉だな」

俊介はにこりと笑った。

「ついては鐘七、頼みが一つある」

「なんですか」

「道を教えてほしい」

「でしたら、萩までの地図を描けばよろしいですね。お安い御用といいたいところですが」

「わかっている。おまおが絵が得手ゆえ、鐘七のいう通りに描くそうだ」

「そういうことですか」

さっと立ったおまおが隣の間に行き、すぐに戻ってきた。矢立を手にしている。

鐘七の枕元に座って、紙を畳に置き、筆を構えた。

「さあ、鐘七さん、お願いします」

わかった、といって鐘七が、ここから先の道の様子や道筋をつまびらかに語った。それをおまおが描き留め、描きかけの地図を何度も鐘七に見せながら筆を進めてゆく。

地図を手に、俊介たちは部屋に入った。それから四半刻もかからずに旅支度を終えた。

すでに夜が明けて、半刻以上、経過している。今からここ綾木《あやぎ》宿を出ても、昼が一番長い時分である、日のあるうちに萩へ到着できるだろう。もちろん、途中、何事もなければだが。もっとも、なにもないと考えるほうがどうかしているだろう。

「よし、出立するか」

俊介はおまおたちに声をかけた。

「はい、まいりましょう」

おまおとおかなが元気な声をそろえる。ただ、おまおが少し屈託ありげな顔つきをしている。姉として、今からはじまる道中のことを案じているのだろう、と俊介は思った。

まず鐘七の部屋に行った。入ってきた俊介たちを見て、鐘七が寝床から起き上がろうとする。

「無理をするな。寝ていればよい」

枕元に正座した俊介は制した。布団を囲むようにおまお、おかな、伝兵衛が座った。

「俊介さま、ご出立ですか」

「うむ、行ってまいる」

「道中、くれぐれもお気をつけて」

「わかっている。案じずともよい。そなたは、傷を治すことだけを考えておればよい。といっても、案じるなというほうが無理であろう。おまおとおかなの二人を無事に萩へ送り届けたら、そなたに文を書こう。ここへ届くようにするが、それでよいか」

鐘七の頬に喜色が差す。

「そうしていただけますか」

「文は必ず飛脚で送るゆえ、待っていてくれ。文が届くまで、鐘七は俺たちのことを案じておなごのようにどきどきすることになるかな」

「なんの知らせももらえないより、ずっといいですよ」

「鐘七、そなたの厚情は一生忘れぬ。また会えたらよいな。では鐘七、これでな」

俊介は立ち上がろうとした。

「あの、俊介さま」

鐘七はすがるような目をしている。

「なにかな」

俊介は座り直した。

「ちと失礼ないい方をさせていただきますが、俊介さまはいったい何者なんですか」

この道中、よく受ける問いだ。最初は心を許せる者だけに答えていたが、最近ではできるだけいわぬようにしている。

「ただの人間だ。そなたと変わらぬ」

「でも、なにか人としての出来がちがうって感じですよ。器が大きいというのか」

おまおとおかなも興味津々の顔で、俊介と鐘七のやりとりを見守っている。

「そのようなことはあるまい。俺はけつの穴の狭い男だ」

「そんなことはありません」

鐘七がじっと見上げてくる。

「俊介さまはけつの穴の大きな男ですよ。あっ、そんないい方はしないんでしたか」

「うむ、あまり聞いたことはないな」

俊介は深くうなずいた。

「わかった。今はいえぬが、俺が無事に江戸に戻った暁には、そなたに文を書こう。舟木宿の宿場役所付けで届くか」

「大丈夫だと思います」

「ならばそういたそう」

「楽しみに待っておりますよ」

「では、これでな。鐘七、早く元気になってくれ」

「俊介さまたちもお気をつけて」

鐘七は涙ぐんでいる。

鐘七の肩をなでるように叩いてから、俊介は改めて立ち上がった。名残惜しそうに鐘七が見ている。できれば起き上がって見送りたいという顔つきだが、いかんせん体に力が入らないようだ。さらに涙をぽとぽとと落とした。

その顔を見て、俊介もこみ上げるものがあった。

静かに部屋を出て、廊下を歩き出した。おおたちがついてくる。

気配を感じたか、弥五兵衛が廊下に姿をあらわした。

「ご出立ですか」

「うむ、世話になった」

一礼し、俊介たちは玄関を出た。今日も空には雲が一杯だ。

「雨になるかもしれません」

空を見上げて弥五兵衛がいう。

「そうか。できれば萩に着くまでもってくれたらよいのだが」

「さようでございますね。俊介さま、道中のご無事をお祈りいたしております」

「かたじけない。本当に世話になった。これは些少《さしょう》だが、取っておいてくれ」

俊介は紙包みを手渡そうとした。だが、弥五兵衛は受け取らない。

「旅のお方をもてなすのは、このようにひなびた集落では当たり前のことでございます」

「だが、気持ちだ」

押し問答の末、ようやく弥五兵衛が折れた。

弥五兵衛たちの見送りを受けて、俊介たちは再び舟木街道を進みはじめた。

低い山並みが見渡す限りずっと続いている。その中を街道は、くねくねと折れ曲がって走っている。

討手の気配らしいものは感じ取れない。少なくとも、近くにはいないようだ。粘つくような眼差しも注がれてはいない。

「俊介さま、お話があります」

綾木宿を出て十町ばかり来たとき、改まった口調でおまおが顔を寄せてきた。その後ろに控えるようにして、おかなが真剣な目で俊介を見ている。

「なにかな」

わずかに目を見開きつつ、俊介はきいた。

「私たちがどうして逃げているか、そして、なぜ萩へ行かねばならないのか、すべてお話しいたします」

「よいのか」

歩を運びつつ俊介は二人に確かめた。

「はい。俊介さまと伝兵衛さま、鐘七さんは私たちのために命を賭けてくださいました。特に鐘七さんは、私たちのためにあのようなことになってしまい……。それになにより、人としてすべてを話しておかなくてはならないと思ったのです。

俊介さまと伝兵衛さまは信頼に足る人です」

「そういってもらえると、素直にうれしい」

おまおが、俊介の横に出て肩をわずかに並べる。うなずいた伝兵衛が露払いするように俊介の前に移動した。

喉をごくりと上下させてから、おまおが語りはじめた。

「数日前の昼間のことです」

街道を行く者は視野に誰一人として入っていないが、おまおがまわりをはばかるように声をひそめた。

「私たち、家の奥座敷の廊下に置かれている行李《こうり》の中に隠れていたんです」

「二人でか。どうしてそのような真似を。そのときにはもう追われていたのか」

「いえ、そういうわけではありません。遊びです。行李に二人して隠れているのがおもしろくて楽しいからです」

明快な口調でおまおが答えた。

「おもしろくて楽しいというのは」

「その中にいると、いろいろな人がやってきては、廊下でさまざまな話をするのを聞けるからです。女中と下男が恋仲であるのがわかったり、町で噂になっていることが知れたり、愚痴なんかを話す者が多いから誰と誰の仲が悪いだとか、誰と誰は馬が合うのだとか、誰それはここを辞めてよその店へ行こうとしているとか、そんなことまでわかったりするのです。もちろん、いい趣味でないのはわかっていますけど、あまりにおもしろいので、やめられなくなってしまったんです」

「最初はかくれんぼをしていて、私がそこに隠れてそのまま眠ってしまったのがきっかけなんですけど」

「なるほど」

俊介は相槌《あいづち》を打った。

「そのときにおもしろい話を聞けたから、おかなはおまおを誘ったのだな」

「はい、そういうことです」

おまおが大きくうなずいた。

「それで、数日前の昼になにがあった」

正確にいえば、五日前の昼ということになろうか。長府の功山寺で、おまおたちを助けたのは四日前のことだ。おそらく、あの日の前日に、おまおたちが逃げ出さなければいけなくなるような何事かが出来《しゅったい》したということだろう。

実は、とおまおがいった。

「番頭の糸吉とお武家の話を聞いてしまったのです。そのとき二人がいたのは廊下ではなくて、奥座敷だったのですけど、話し声は襖《ふすま》越しに途切れ途切れに聞こえてきました。二人とも声をひそめてはいたのでしょうけど、まさか襖を隔てた行李の中に私たちがいるなど、夢にも思わなかったのでしょう。ときおり話の中身が聞き取れるほどに、声は響いてきました」

「二人は密談をしていたのだな。どのような内容だった」

おまおが目に悲しみの色を浮かべる。

「おとっつぁんとおっかさんを、狙って殺したことをうれしそうに話していました。糸吉も心の弾みを押さえきれないような顔が見えるような話しぶりでした」

「おとっつぁんとおっかさんを狙って殺した」

うなるようにいって、俊介はしばらく今の言葉の意味をじっくり考えた。伝兵衛も深刻そうな顔をしている。

俊介は腕をぎゅっと組んだ。

「押し込みの本当の狙いは、そなたたちの二親だったというのだな。内蔵から三千両もの大金が奪われたと聞いたが、金が目当てではなかったというのか」

「はい、二人はそういうふうに話していました。店を糸吉に任せるために、おとっつぁんとおっかさんを亡き者にしたのだそうです」

ごくりと俊介は唾を飲んだ。

「若松屋を我が物にするために、二人を殺したのか。なんと非道な。武家というのは誰だ。それが黒幕だろう」

もっとも、すでに俊介はその武家が何者か見当がついている。

「糸吉が『左京亮さまのおっしゃる通りにして本当によかった』といっていました」

やはりそうか。

「左京亮というのは、長府毛利さまのお殿さまのことでしょうか」

さすがに知っていたか、と俊介は思った。

「おまおのいう通りだろう」

おまおが形のよい眉を寄せる。

「どうしてお殿さまが」

おかなも強い衝撃を受けた顔をしている。

「若松屋を思いのままに動かしたいという欲望があったのだろうが。結局は金だろうな。おまお、おかな、そのとき二人はほかになにかいっていなかったか」

「武家のほうが、きんがいち、といったのが聞こえました」

おまおが即座に応ずる。

「きんがいち……」

死の間際、糸吉がいっていたのとよく似ている。糸吉は、きんいち、ぎん、と口にしたのだ。

「それがなにを意味するのか、二人はいってはいなかったか」

「はい、残念ながら」

そうか、と俊介はいった。

「ほかにはなにかいっていたか」

「濡《ぬ》れ手に粟《あわ》だとか、丸儲けだとか、そんな話です。それ以外に覚えていることはありません」

これらの言葉は、やはり抜け荷に関することではないだろうか。

「二人の話はいつ終わった」

「たぶん、四半刻の半分くらいだったと思います」

「糸吉とそのような話をするために、わざわざ左京亮は店を訪れたのか」

俊介は、長府候を呼び捨てにした。おまおとおかながはっとして、俊介を見る。

「もっとも、わざわざというほど長府の陣屋と若松屋は離れておらぬか。なにか別の用事があり、それを済ませて立ち寄ったのかもしれぬな」

「左京亮は、糸吉以外の誰かに会いに来たのだと思います」

な者が店にいるとは思えない。

「左京亮が、せっかく来たのにおらぬとは残念よ、といっていたからです」

これは誰のことを指しているのだろう。あるじ不在の今、筆頭番頭以上に重要

「なにゆえそう思う」

おまおも呼び捨てた。

もしや、と俊介の脳裏を駆け抜けたものがあった。左京亮の目当ては、おまおとおかなの二人ではなかったのだろうか。

左京亮はこの人形のように美しい姉妹を、いずれ側室として侍《はべ》らせるつもりでいるのではないのか。だから、若松屋に押し込みをさせたとき、両親は無慈悲に殺したが、この二人にはなにもしなかったのではないか。

だが五日前、糸吉との密談を聞かれ、さすがに生かしておけなくなった。功山寺のときには、連れ去って別の場所で殺害しようとするだけの余裕がまだあったが、舟木宿の時点ではもはやそれだけのゆとりは失われており、有無をいわさず二人を斬り殺そうとしたのではないか。

糸吉が殺されたのは、ただの口封じに過ぎない。とかげのしっぽ切り、といっていいだろう。生き証人となり得る男の口をふさいだのだ。

「ところでおまお、おかな」

静かに俊介は呼びかけた。

「なにゆえ密談を聞いたことを、左京亮たちに知られたのだ」

はい、とおまおが首を縦に動かした。

「武家が帰ろうとする気配が伝わってきたので、顔を見てやろうと行李の蓋をそっと開けようとしたのです」

「そのとき私が、音を立ててしまったんです。がたんと音がして、すぐに荒い足音が近づいてきて、行李の蓋が開きました。鋭い目がにらみつけてきました」

「頭巾をかぶった武家でした。『こんなところにいたのか』といって太い手を伸ばしてきました。私たちは行李を蹴倒すようにしてその手を逃れ、廊下を逃げ出したんです。後ろから『聞かれたぞ。引っ捕らえよ』という声がしました。振り返ると、糸吉が鬼の形相で追いかけてきました。私たちは後先も見ずに家を出ました」

おまおとおかなが代わる代わるいった。

「そのあとは」

「おとっつぁんの言葉を思い出し、すぐに功山寺に行こうとしましたが、明るいうちはやめておいたほうがいいと思って、私たちの遊び場になっている近くの神社に行きました。そこの本殿の屋根にうつぶせてじっとしていました」

「屋根の上か。よいところに目をつけたものだ。女の子がそのようなところを隠れ場所に選ぶとは誰も思わぬから、見つけるのは至難の業だろう。それで、日が暮れてから功山寺に行ったのだな」

「はい、和尚さまはびっくりされていましたが、快く招き入れてくださいました」

「手甲脚絆《てっこうきゃはん》など、旅装束はどのように工面したのだ」

「功山寺の法堂の裏に隠してありました」

「どうしてそのような場所に、旅装束を隠してあった」

「おとっつぁんにそうするようにいわれていたからです。殺される前、おとっつぁんに旅装束の一切を渡され、功山寺に隠しておくようにいわれたのです」

「おとっつぁんは自らの死を、予感していたのか」

「かもしれません。でも、まさかあの押し込みがおとっつぁんの命を狙ったものだったとは、夢にも思いませんでした」

「それでおまお、おかな、なにゆえ萩に行かねばならぬ」

はい、とおまおが顎をこくりとさせる。

「清水美作守《しみずみまさかのかみ》さまに会うためです」

「清水さまというのは」

「毛利宗家のご重臣です」

「もしや――」

前を歩いている伝兵衛が振り向き、声を発した。

「高松城の水攻めの際に名をあげた清水長左衛門宗治《むねはる》どのの末裔《まつえい》か」

「はい、そううかがっています」

高松城といえば、と俊介は思い出した。天正十年、豊臣秀吉による水攻めを受け、城主であった清水宗治が城兵の助命を条件に降伏し、見事、湖上に浮かべた舟で切腹してのけた城である。主家を救った人物として、宗治の子は毛利家にとても大事に扱われたという話を聞いていたが、今もなお連綿と清水家が重臣として続いているのならば、それは偽りではなかったということだろう。

「おまお、清水美作守どのに、なにゆえ会う」

「今回の出来事を伝えるためです」

「なぜ清水どのが選ばれた。毛利宗家なら、ほかにも重臣はいくらでもおろう」

「おとっつぁんにいわれているからです。もし困ったことが起きたら、これを持って清水美作守さまのところへ行きなさい、と。おとっつぁんは清水美作守さまと懇意にしていました」

「これをもって、というのは手紙か」

「そうです」

おまおが旅装束の襟元《えりもと》を手で押さえる。

「ここに縫い込んであるそうです。萩へたどり着けるように、お金も旅装束と一緒に用意してありました」

左京亮はこの手紙のことを知っているのだろうか。知らないかもしれないが、とにかく萩におまおたちを行かせてはまずいことだけはわかっているのだ。

手紙になにが書かれているのか。押し込みに関することではないだろう。もし押し込みのことをおまおたちの父親である弦右衛門が予感していたのなら、惨劇の直後におまおたちに清水美作守さまのところへ行かせなければおかしい。

なにか別の秘密があり、そのことが手紙には記されているにちがいない。

是非とも読みたい衝動に駆られたが、そういうわけにはいかない。すでに鬼籍にある者の手紙とはいえ、他人が勝手に読んでいいはずがない。

それにしても、と俊介は思った。左京亮はどんな目的で若松屋を乗っ取ったのか。若松屋を乗っ取るだけでは、目的は成就してはいまい。

やはり抜け荷だろうか。抜け荷には、大名家の苦しい台所事情を一変させるだけの儲けがあるという。二千石船を使えば、相当の量の物が運べる。儲けは莫大なものとなろう。

抜け荷におおたちの父親は反対しており、そのために消されたのか。後釜には、左京亮の意のままになる糸吉が据えられたということか。

とにかく、と俊介は決意を新たにした。どんなことがあろうと、おおとおかなの二人は萩へ連れてゆく。いま自分たちができることは、それしかない。

相変わらず道は狭い。綾木を出てからしばらくのあいだはまだ少しだけ広かったが、山が深くなるにつれ、小さな道がいくつも入り組むようになった。右へ行けば舟木街道なのか、それともまっすぐ進めばよいのか、道幅が大して変わらないせいで迷うところがかなりあった。

たいていの場合、道標が立っており、その指示に従えばよかったが、彫り込まれた地名が風化してまったく読めない道標もあった。もし鐘七の助言による地図がなかったら、迷っていたのではあるまいか。

休み休みしながら綾木からおよそ四里ほど来たとき、雨が降ってきた。俊介たちは蓑を着込み、笠をかぶった。

静かに舞い降りて着物を少しずつ湿らせてゆく雨で、激しくはないが、さほどたたないうちに地面はぬかるみはじめ、足を取られやすくなった。

俊介はおまおとおかなを見たが、二人ともしっかりとした足取りで歩いている。これは、長府の町でよく遊んでいた成果にちがいあるまい。遊んでいるうちに自然と足腰が鍛えられたのだ。幼い娘でもこれだけ歩ける。学問ばかりして、机に張りついているのはあまりよくないのではないか。

それに、体を鍛えることで、頭のほうも鍛えられることがある、と俊介の学問の師匠である厳西《げんさい》もいっていた。

「ところで、俊介どの」

しっかりと前を見据えたまま、伝兵衛が呼びかけてきた。

「左京亮とは面識がござるのか」

それを聞いて、おまおとおかなの二人が驚きの顔を向けてきたのを、俊介は背中で覚った。俊介が左京亮という卑劣な人物と知り合いであることに驚いたのか、それとも、俊介が左京亮と知り合えるような身分であることにびっくりしたのか。

「うむ、面識はあるぞ」

俊介は隠し立てすることなく答えた。

「左京亮というのは、どのような人物でござるか」

「一言でいえば、傲岸な男だ」

蛇のような目を持つ顔を思い出して、俊介は眉根を寄せた。

「人を人と思わぬところがある」

「俊介どのは、嫌っておいででしたか」

「さしたるつき合いもなく、以前は好きも嫌いもなかった。いや、やはり好きではなかったな。もっとも、あの男にさしたる関心もなかった。今は大嫌いだ。唾棄すべき男といってよい」

「俊介どの、左京亮に関して、なにか人となりをあらわすようなことを耳にしたことはござるのか」

そうだな、と俊介はいった。

「すべて噂に過ぎぬが、家臣の目の玉にろうそくの炎を近づけてあぶり、どのくらいしたら再び目が見えはじめるのか調べたり、家臣の足の指をすべて切り落とし、その上で人というのはどのような歩き方をするのか観察したり、腹痛を訴えて休んだ家臣の腹を刀で割き、臓物を取り出して、これで痛いというようなことは二度とあるまい、といい放ったり。そのようなことだ」

ぬかるむ道に負けることなく歩を進めながら、伝兵衛は眉をひそめている。

「もしそれが本当のことならば、毛利左京亮というのは人ではありませぬな」

「うむ。だが、あくまでもすべて噂だ。それを忘れぬでくれ。それに、彼《か》の男にはよい噂がないこともないのだ。特に、海防について興味が強いということが第一に挙げられる。日の本の国を異国から守ろうとする気概に燃えているという話を耳にしたこともある。決して頭の悪い殿さまではない」

「ほう、それがまことのことならば、むしろよい殿さまということになりもうすな」

「だが、やはり悪い殿さまとしかいいようがないな。よい殿さまならば、どのような理由があろうとも、押し込みをさせて人を殺したり、おまおたちを狙おうと考えたりするはずがない」

強い調子で俊介はいい切った。

それからほどなくして、道がまた二股に分かれた。

かたわらに道標が立っている。新しくつくられたばかりなのか、雨の中でも地名がくっきりと見える。右の道が萩で、左は吉成《よしなり》という里につながっているようだ。

「ここは右でござるな」

先導する伝兵衛が指さす。

「どこも、ここのような新しい道標だと助かりもうす」

俊介たちは右へと道を取った。

しばらくすると道は下りになった。太陽は出ていないものの、自分たちの進んでいる方向が西向きになっているのがわかる。萩へはむしろ丑寅《うしとら》の方角へ進まなければならないはずだ。仮にも街道と名のつく道がこんなにも大回りするものだろうか。

「おっ、人が来ますぞ」

伝兵衛のいう通り、樹間の向こうに人影が見えている。刺客ではないだろうか。

俊介はいつでも刀を抜けるように、わずかに腰を落とした。

霧のように薄い幕となって降り続ける雨の中、姿をあらわしたのは、薪《まき》を背負った男である。ずいぶんとみすぼらしい姿《なり》をしている。このあたりの百姓のようだ。

「ちとたずねるが」

いきなり伝兵衛に声をかけられて、百姓が驚いたように立ち止まった。俊介たちをじっと見る。歳は三十半ばといったところか、落ち窪んだ目の奥に、鈍くて暗い光がたたえられている。

いったいどのような苦労をすれば、こんな光が宿るようになるのだろうか、と俊介は哀れみを覚えた。百姓らしい男は殺気の類などは、いっさい放っていない。茫洋《ぼうよう》とした雰囲気をまとった男だ。伝兵衛から俊介、おまお、おかなと目を順繰りに移してゆく。

「この道は萩へとつながっておるのか」

「へえ、さようで」

なにを当たり前のことをきくのだろう、という顔で百姓が答える。

「まっすぐ進めばよいのだな」

「へえ、この道を行けば萩でもどこでも行けますよ」

「それならばよい。足を止めさせてすまなかったの」

「いえ、いいんですよ」

薪を背負い直して百姓がにっと笑う。瞳の光が若干、和らいだ。

「では、まいろうか」

俊介たちは歩き出した。軽く頭を下げて百姓が脇によける。

「すまぬな」

「いえ」

俊介たちは、ぬかるむ道を慎重に下りていった。

百姓と別れたところから五町ほど進むと、数軒の人家が寄り添うように集まっている人里に出た。あたりに人影はまったくなく、人家はほとんどが崩れかけている。廃村なのではないか、という気がした。

道は、一町ほど向こうにある藪《やぶ》にぶつかっている。藪の中へと道がつながっているのかどうか、ここからではわからない。

半町ほど離れた左側に、四方を石垣に囲まれた寺があり、高い塀越しに本堂の屋根がのぞいている。塀のそばには鐘楼も建ち、堂々とした鐘がつり下がっている。ただし立派なのは鐘だけで、本堂も鐘楼も屋根瓦がほとんど落ち、何本もの草が生えている。建物は今にも朽ち果てそうに思える。鐘の立派さからして、廃寺ではないのだろうが、そうなっていないのが不思議な気がした。

「どうやら道をまちがえたようでござる」

顔をしかめ、まわりを見渡して伝兵衛がいう。

「どうやらあの百姓は、偽りをいったようにござる。まったく人が悪いの。田舎はこういうことがあるから、嫌いじゃ」

情けなさそうに首を振って、伝兵衛がこぼす。雨に濡らさないように注意して、俊介は懐から地図を取り出した。

「確かに伝兵衛のいう通りだ。どうやら、先ほどの分かれ道は左へ行くべきだったようだな」

「えっ、さようにござるか」

俊介は地図を伝兵衛に見せた。

「なるほど、確かに吉成は右になっておりますな。ここは吉成の里でござろうか」

「かもしれぬ」

「仕方がない、戻るといたしますか。しかし、おかしいですの。あの道標通りに来たのに」

——自分たちはこの里に誘い込まれたのかもしれぬ。

今頃気づくなど遅すぎるだろうか。だがあたりに、それらしい剣呑《けんのん》な気配は微《み》塵《じん》も漂っていない。しとしとと音もなく降る雨の中、湿り気のある風がまとわりつくように吹き渡っているだけだ。ときおり鳥が鋭く短い鳴き声を響かせるのみで、静かなものである。

俊介は、ふと人の気配を感じた。目をやると、左側にある寺の鐘楼に僧侶が上ったのが見えた。

遠目だが、僧侶は三十過ぎといったところに思えた。粗末な袈裟《けさ》を身にまとっている。やせており、力はなさそうだが、いかにも慣れた風情で鐘を撞《つ》きはじめた。

低いが、胸にしみるような音色が寒村を渡ってゆく。おそらく四つの鐘だろう。

「俊介どの、あの住職に道をきいてみましょうかの」

顔を向けて伝兵衛がいう。

「そうしたほうがよいかもしれぬ」

連れ立って歩きはじめた俊介たちは、大きく開かれた山門を入り、鐘楼のそばに立った。ちょうど鐘を撞き終えた住職が、小さな階段を降りてきたところだ。

俊介たちに気づき、ちょっと驚いた顔になった。

「ちとおたずねするが」

笠を取り、小腰をかがめて伝兵衛が問う。

「ここは吉成の里でござろうか」

ぎろりとした目で、住職が俊介たちを遠慮なく見る。ずいぶん脂ぎった顔をしており、この住職は付近の山の幸をさんざん食しているのではないかと思われた。

「さよう、ここは吉成でござるよ。見れば旅のお方らしいが、なにゆえこのような人里ともいえぬ場所に見えたのかな。もしや道に迷われたか。分かれ道のところにある道標に従えば、ここまで下りてくるようなことはなかったろうに」

そういえばあの道標はかなり新しかったな、と俊介は思い起こした。自分たちを誘い込むために、もし細工されたものが置かれていたとしたら。

今頃はもう、最初から置かれていた道標に替えられているかもしれない。

もしや、と俊介は気づいた。鐘七が深い傷を負わされたのも、俺たちをこの里に誘い込むためだったのではないか。

やはり自分たちはここに導かれたにちがいあるまい。この住職にしたところで、油断はできない。

「しかしご住職、我らは道標通りに来たのでござるよ」

なにも感じていないのか、のんびりとした口調で伝兵衛が答える。

「えっ、まことか。それなのに、この里に着いたのですかな」

「さようにござる。道標には、右が萩とくっきり彫られておりましたの」

「左が萩ですな。誰かがいたずらでもしおったかな。このあたりに、そんな悪さをする者はおらんのに」

こうしてはいられぬ、と俊介は思った。だが、どうすればよいか。今は一刻も早くこの里を出るしかない。

「今一度、舟木街道に戻りたいのでござるが、もと来た道を行けばよいのでござろうか」

俊介の意をくんだように、伝兵衛が住職にきく。

「さようですよ。そこの道を上がっていけばよろしい」

手を掲げて、住職が道を指し示す。

「助かりました。では、それがしどもはこれにて失礼いたします」

「お茶を供させていただくが、上がっていかれんか」

人恋しそうな顔で、住職がいざなう。

「蓑や笠を干していかれたらよい」

「いや、遠慮しておく」

笠を軽く持ち上げた俊介は一顧だにすることなく断った。

「せっかくのお誘いだが、先を急ぐゆえ」

「さようか。では、行きなされ」

俊介たちは住職に一礼し、きびすを返した。

二間ばかり進んだとき、不意に山門をくぐり抜けてばらばらと境内に入り込んできた一団があった。五、六人といったところで、姿《なり》はやくざ者といった風情だ。

その者たちの手で、山門が見る間に閉じられてゆく。数瞬後、きしむ音を残して完全に閉められた。がたん、と閂《かんぬき》が乱暴に下ろされる。門の前に、刀を手にした男たちが勢ぞろいする。

俊介たちは、高い塀に囲まれた境内に閉じ込められた。

「きさまらが行くのは、あの世だ」

俊介の後ろで叫ぶような声がした。住職の声だ。俊介が振り向いた途端、住職が腕をさっと振った。

俊介めがけて、なにかが空を切って飛んできた。クナイよりずっと細く、目でとらえることはできなかったが、それを肌で感じ取った俊介は頭を下げてかわそうとした。

だが、そんなことをしたら、おまおたちに当たってしまう。俊介は脇差を引き抜き、飛来してきた物を勘だけで打ち払った。

きん、と音を発して、それは俊介の笠をかすめて斜め後ろに飛んでいった。かなり小さな物だが、茶色をしているのがわかった。

住職が次々に同じ物を投げつけてくる。

歯を食いしばり、目を皿のようにして、細かい雨の幕を引き裂くように飛んでくるそれらをすべて、俊介は打ち払った。

茶色の物を見るのではなく、ひたすら偽住職の目と手の動きを追っていた。そうすれば、偽住職がどこを狙っているか、覚ることができるからだ。

飛んでくる物を打ち落としているうちに、偽住職がなにを得物としているのか、それもわかった。

まちがいなく五寸釘である。

つまり、と俊介は脇差を振るいつつ思った。この男が糸吉を殺したのだ。おまおとおかなを捜していた糸吉に五寸釘を投げつけて、月代を打ち抜いたのである。おそらく、殺しをもっぱらにする者だろう。袈裟をまとっているのは、むろん俊介たちの目を欺くためにちがいない。

五寸釘は小さくて厄介だ。殺しの得物としてはよく考えたものだ。

俊介の斬撃の角度によっては、五寸釘を叩き落とすことができず、笠に当たって横にはね飛んだり、笠の中に入り込んで耳や首をかすめたりした。そのうちの一本は鬢《びん》の毛を何本か巻き込んで笠の内側に当たり、ぽとりと地面に落ちた。

弾かれた五寸釘の中には、蓑にすっぽりと埋め込まれたようになっているものも何本かあるはずだ。

だが、これまで一本も俊介の体を傷つけることはできていない。しかも、最初はろくに見えなかった五寸釘も、目が慣れれば見えてくるものだ。

おまおとおかなは、どうしているか。五寸釘の男に神経を集中しつつ、俊介は背中で探った。

心中で深くうなずく。刀を抜いた伝兵衛が前に出て二人を守っているのが知れた。山門のそばにいる五、六人の男たちも釘の男の腕を信頼しているのか、その場を動こうとしない。おまおとおかなに関しては、今はなんの心配はいらない。

俺は、偽住職を倒すことに集中すればよい。

それにはどうすればよいか。五寸釘の雨をかいくぐって、偽住職に近づくしかない。

脇差で五寸釘を叩き落としつつ、わずかずつだが、俊介は前に進みはじめた。

最初は四間ばかりの距離があったのが、すぐに三間に縮まった。偽住職との距離が詰まると同時に、五寸釘に対する恐怖は増してゆく。俊介の視野の中で偽住職の姿が徐々に大きくなってゆき、飛んでくる五寸釘も速さを増しているように感じられる。

かわし損ねる度合いも、確実に高くなっている。もしよけ損ねたら、五寸釘は深々と体に突き刺さるだろう。一本では死なないかもしれないが、一度やられたら、二本、三本と続けざまに体に刺さるにちがいない。おそらくそれで死に至ろう。

偽住職は飽くことなく腕を振っている。一瞬のときすらもかからずに、五寸釘は俊介に達する。きゅっと心の臓が縮み上がる。

それに負けることなく、えいや、と心中で気合を発して脇差を動かし、五寸釘を弾く。重い手応えと、きん、と軽い鉄の音が鳴って、釘が視野の外に飛んでゆく。

ほっとするのもつかの間、またも偽住職が投げつける五寸釘が一気に迫り、俊介は脇差で打ち払う。

それを繰り返しつつ、俊介はじりじりと進んだ。伝兵衛とおまお、おかなはこの様子を息をのんで見つめつつ、はらはらしているのではあるまいか。

それにしても、とまた一本の五寸釘を打ち払って俊介は思った。偽住職はいったい何本の五寸釘を持っているのか。もうすでに三十本近くは投げたのではあるまいか。

袈裟はゆったりと身にまとうことができ、おびただしい数の五寸釘を隠しやすいという利点があるのだろう。なんの意味もなく、目の前の男は、袈裟を着けているわけではないのだ。

距離は二間にまで近づいた。飛んでくる五寸釘は、もうまったく見えない。五寸釘に慣れた目をもってしても、とらえることができない。こうして弾き続けていられるのが、奇跡としかいいようがないのだ。

もし偽住職の目と腕の動きで五寸釘が次にどこに飛んでくるか、こちらが瞬時に察していることを知られたら、果たしてどうなることか。

——一気に突っ込んでしまえ。

そんな心の声がしきりに聞こえてくる。

そうすれば偽住職の懐に飛び込める。それで勝負ありだぞ。

伝兵衛も、なぜ俊介がそうしないのか、いぶかしんでいるのであるまいか。だが走れば、体の軸がどうしてもぶれる。そうなれば、目が揺れるだろう。眼差しが一定しないと、五寸釘がどういうふうに飛んでくるか、見極めることがかなわない。

今でもぎりぎりのところで、なんとか打ち返しているのだ。一瞬でも五寸釘の出どころを見失ったら、それでおしまいである。

それを恐れて俊介は内なる声に耳を閉ざし、じりじりと進む手を選んだのだ。偽住職まで、ついにあと一間まで迫った。脇差では、間合に入れるまであと少なくとも四尺は進まなくてならないが、それでも偽住職の目には焦《あせ》りの色が浮かんでいる。これだけの距離で放っているのに、どうして五寸釘は俊介の体に当たらないのか、戸惑いを隠せずにいる。

また一本の五寸釘を弾いて、俊介はにやりと笑ってみせた。ひっ、と喉を鳴らすように偽住職が首をすくめた。おのれの技がまったく通じず、このままでは殺られる、と覚ったようだ。顔から戦意が消え、おびえの色が色濃く浮かんだ。

偽住職がついに体を返した。袈裟が大きくひるがえる。

その瞬間を待ち構えていた俊介は、だん、と土を蹴って偽住職を一瞬で間合に入れ、がら空きの右肩に向かって脇差を振り下ろそうとした。容赦することなく斬り殺してもよいという思いはあったものの、脇差ではおそらく致命傷は与えられぬだろう、と冷静に考えてもいる。

だが、その前に背後から空を切る音が耳に達した。それは、偽住職が飛ばし続けた五寸釘と同じ音を放っている。

背後から新手に狙われたことを覚った俊介は、かがみ込んでそれをかわした。五寸釘が笠の上を通り過ぎてゆくのがわずかに見えた。二本目の五寸釘がやってきていないのを確かめて、俊介はさっと振り向いた。

――どこだ。どこにいる。

どこかに偽住職の仲間がいるのだ。こいつらは二人組ということか。

仲間の助けを得て、かろうじて死地を脱した偽住職は、境内の松の大木の袂《たもと》でこちらに向き直った。俊介との距離は、すでに十間近くになっている。激しい息づかいが聞こえてきそうなほど、肩を大きく上下させている。

偽住職に俊介が気を取られた隙を狙い、またも五寸釘が放たれた。

だが、これは俊介が誘ったものに過ぎない。俊介は後ろに下がって、あっさりとよけた。足下に五寸釘が突き刺さる。

この一撃で、今一人の男は、山門脇に立つ杉の上にいるのが知れた。高い位置から五寸釘を放ってきたのは、一撃目で俊介にもわかっていたが、それがどこであるか断定できていなかった。

脇差を鞘におさめ、刀を抜くや、俊介は杉の木に向かって今度は突進した。できるだけ速く走って一気に距離を詰め、相手の逃げ場をなくすつもりでいる。

そのためには、相手に五寸釘の狙いを定めさせるわけにはいかない。まっすぐ走っては相手の思う壺《つぼ》だろう。

斜めに走って、すぐさま逆斜めに走るということを俊介は繰り返した。杉の木からは何本もの五寸釘が飛んできたが、俊介の体にはかすりもしなかった。

杉の木まであと三間というところまで来たとき、狙い澄ましたらしい一撃が飛んできた。えいっ。声に出して俊介は刀で弾き飛ばした。

樹上にいた男が、あわてて杉の木を飛び降りる。地面に下りるや、すぐさま鞠《まり》のようにはね飛んで、山門に向かった。身なりは百姓のものだ。

こやつは、と男の背中を見つめて俊介は思った。この里に来る途中、伝兵衛が道をきいた百姓ではないか。この男も俊介たちをこの里に誘い込むために、道を誤らせるように仕向けたのだ。

男が山門に向かうのではないかと、俊介ははなから予期していた。湿った土をはね上げて、男の前にいち早く回り込む。

それを見て、男がまたもや腕を振って五寸釘を飛ばしてきた。俊介は、この攻撃もあらかじめ見通していた。さっと顔を沈めてよけた。五寸釘が笠の上のほうに刺さったのが知れた。それだけで、首を持っていかれそうな衝撃がある。

すぐさま体勢を立て直した俊介は、刀を振り下ろした。ここでこの男の息の根を止めるつもりでいる。そうしないと、またこの先、狙われかねないからだ。

男がはっとして俊介の斬撃をよける。咄嗟《とっさ》に右側に走ろうとした。その動きに合わせて俊介は刀を横に払った。

なんの手応えもなかったが、男の体ががくんと縮むように折れた。刀が男の胴の肉を断ったのだ。

男は斬られたことに気づかないようにそのまま四、五歩ばかり走ったが、支えが外れたかのようにいきなり地面に崩れ落ちた。うつぶせになり、なおも俊介から逃れるように這《は》いずって前に進もうとしたが、やがて血のかたまりを吐いた。それですべての力を使い果たしたかのように、動かなくなった。すでに絶命している。

――死んだか。

最初から殺すつもりでいたから、この結果に悔いはない。ないが、やはり殺生など、できることならしたくない。好んで人を殺す者がいるが、俊介には信じられないことだ。左京亮は、人を殺すことをなんとも思わないのだろうか。

ぎゃあ。

耳をつんざくような悲鳴がした。はっとして俊介はそちらを見やった。目の前の男を屠ることに夢中になって、おまおたちのことがお留守になっていた。

伝兵衛とおまお、おかなの三人は何事もなく無事だ。俊介から十間ほど離れたところに立っている。おまおとおかなは青い顔をし、身を寄せ合っているが、見たところ、かすり傷一つ負っていないようだ。さすがに俊介はほっとした。

伝兵衛たちから五間ばかり離れた場所に、袈裟姿の男が横たわっていた。例の偽住職である。先ほどの悲鳴は、偽住職が上げたものなのか。
五、六人のやくざ者のような男たちは、山門のくぐり戸から外へ逃れたようだ。すでに境内に姿はない。
足早に伝兵衛たちに歩み寄り、俊介はおまおとおかなに目をやって確かめた。

「二人とも怪我はないか」

「はい、どこにも」

唇をわななかせたものの、おまおがしっかりとした口調で答える。口をぎゅっと噛み締めて、おかなが深いうなずきを見せた。

「そうか。ならばよい。――あれは」

偽住職の死骸に目を投げて、俊介は伝兵衛にきいた。

「俊介どのが百姓姿の男と戦っている隙に、おまおたちを狙おうとしたので、それがしが倒したのでござる」

伝兵衛の顔にも語調にも、誇るようなところはない。むしろ苦々しげである。伝兵衛も、できれば人をあやめたくないのだ。

「どうやってあの男を倒した」

少なくとも刀を使ったのではないことは、はっきりしている。

「小柄《こづか》でござる」

「伝兵衛が小柄を投げたのか」

さよう、と伝兵衛がいった。

「飛び道具で狙うのに慣れている者は、飛び道具に狙われることに、大概の場合、慣れておらぬものでござるゆえ」

「一撃で倒したのか」

「はっ」

唇を引き締めた伝兵衛が死骸に歩み寄り、死んでいるのを確かめて、偽住職の胸に刺さっている小柄を引き抜いた。血を丁寧にぬぐい、刀の鞘の内側に差し込む。死骸に向かって両手を合わせ、しばし祈りを捧げてから俊介たちのところに戻ってきた。

「よし、行くか」

俊介は伝兵衛にいった。さすがに相当の疲れを覚えているが、いつまでもここにとどまっているわけにはいかない。

「そういたしましょう」

ふう、と軽く息をついて伝兵衛が境内を見回す。

「二つの死骸は、ここに残してゆくしかありませぬな」

「うむ。この村には、もう誰も住んでおらぬのであろう。死んだ者に罪はないが、ここで朽ちてもらうしかないようだ」

死んだ二人が殺しをもっぱらにする者であるのは、まちがいないだろう。冷たいいい方になるが、末路としてはむしろ似合っているのではあるまいか。こういう死にざまを、二人がともに予感していたということはないだろうか。

俊介たちは足早に境内をあとにした。山門を出るときに俊介は扁額《へんがく》を見上げたが、あまりに古すぎてなんと記されているのか、判然としなかった。

雨はいつしか上がっていた。山門を出たところで俊介たちは笠と蓑を脱いだ。

「俊介どの、こんな物が」

つと手を伸ばした伝兵衛が、俊介の笠から五寸釘を抜き取った。伝兵衛の手の内を俊介はまじまじと見た。

「意外に大きな物だな」

「五寸ありますからな。けっこう重みもござるぞ」

「もし当たっていたら、やはり無事では済まなかったな」

「とにかく怪我一つなくて、なによりでござった」

「伝兵衛も無事でよかった」

「俊介さま、伝兵衛さま、ありがとうございました」

おまおとおかなが深く頭を下げる。

「いや、礼などいらぬ。むざむざとこのような寺に引き込まれた俺たちが迂闊《うかつ》だったのだ。そなたらを危ない目に遭わせてしまい、申し訳なく思うている。そなたらになにもなくて、本当によかった」

「まったくでござる。それがしが住職に道を聞こうなどと思わなかったら、このような仕儀にはならなんだ」

忌々しげにいって、五寸釘を伝兵衛がひょいと投げ捨てた。かたわらの藪に入った五寸釘は、生き物が飛び込んだかのように、がさっと音を立てた。

「俊介どの」

分かれ道の場所を目指し、歩きはじめてすぐに伝兵衛が呼びかけてきた。

「もし我らが先ほどの寺に入っていかなければ、やつらはどうしていたのでござろう」

「きっと山中で襲っていたであろうな」

「そうでござろうな」

それきり伝兵衛は口を閉じた。

俊介たちは無言で道を上っていった。

二

飛んでいきたい。

障子窓を開けて、おきみは北の空を眺めた。

ねぐらに帰るのか、数羽の烏《からす》が俊介のいる方角に向かってゆく。

あたしも飛べたらいいのに。そうしたら、簡単に俊介さんのもとに行けるのに。

だが、そういうわけにはいかない。俊介のもとに行っても、足手まといになることが見えているからだ。

俊介たちは、どのあたりまで行っただろう。順調なら、もう萩に着いたはずだ。

だが、おきみには、俊介たちは今宵もまた舟木街道のどこかの宿場で一泊しているような気がしてならない。

無事ならいい。だが――。

胸騒ぎがする。あまりにそれが強すぎて、おきみは気分が悪くなっているくらいだ。

俊介に無理をいってでも、一緒に行くべきだったか。

いや、やはりそれは無理だろう。自分は足手まといだ。俊介に迷惑はかけられない。

俊介と伝兵衛は、おまおとおかなを守ることで手一杯だろう。その上におきみまで加わったら、敵の手から守り切れるはずがない。

あたしがここにいるのは正しいのよ。

おきみは自らにいい聞かせた。

「おきみちゃん」

肩に優しく手を乗せてきたのは良美である。

「心配ね」

「良美さん、俊介さんたち、大丈夫かしら」

「きっと大丈夫よ。俊介さんはとにかく悪運が強いから」

「それはあたしもよく知っているんだけど」

「でも心配よね」

「もう胸が張り裂けそう」

「実は私もよ。胸が苦しくてならないの、叫び出しそうなのを、なんとか抑えているのだけれど」

「良美さんもなの」

「良美さまだけではないの。私もよ、おきみちゃん」

良美の後ろから勝江がいった。

「勝江さんも胸騒ぎがしているの」

「ええ、もうたまらないわ」

こらえきれずにおきみは立ち上がった。

「行きたいなあ。でも今から行っても、俊介さんたちに追いつけるはずもないし」

ふう、とため息をついておきみは畳に座り込んだ。

「おきみ、もう閉めたほうがいい」

いったのは弥八である。部屋の端にあぐらをかいている。すでに部屋には行灯《あんどん》がともされ、淡い光を放っている。

「じき夕餉だ」

「うん、わかったわ」

日暮れを迎え、あたりはだいぶ暗くなっている。真下を走る西国街道を行く旅人も、だいぶ数を減らしていた。

いったんは障子窓を閉めたものの、おきみはすぐにまた開けた。首を伸ばして、外を見やる。

「おきみ、なにを見ているんだ」

弥八にきかれて、おきみは顔をそのまま外に向けて答えた。

「萩往還よ」

今おきみたちは西国街道の宿場の一つである宮市《みやち》宿にいる。宮市は周防国の国府であり、町の名の由来となっている由緒ある天満宮がある。

おきみたちが今宵の宿として選んだのは、大川屋という旅籠だ。萩を起点とする萩往還は宮市を突っ切り、三田尻《みたじり》につながっている。三田尻には毛利家にとって重要な湊がある。この湊から、長門や周防で収穫された米や三田尻周辺の塩田で産み出された塩の積み出しが行われているという。

弥八によれば、萩往還は関ヶ原の合戦ののち長門、周防二国に押し込められた毛利家が、殿さまの参勤交代のためにつくった御成道とのことだ。参勤交代の際、萩を出た毛利の殿さまは三田尻湊から御座船に乗って大坂まで行き、京都から先は東海道を進むらしい。

「おきみ、ここから萩往還は見えまい」

弥八のいう通り、この旅籠から萩往還は三町ばかり離れている。しかも暗い。

「心の目で見ているのよ」

そうか、と弥八がいった。

「おきみ、そんなに俊介さんのもとに行きたいか」

おきみはさっと弥八を振り返った。

「連れていってくれるの」

「そいつは無理だな」

唇を噛んで弥八がかぶりを振る。

「俺は俊介さんと約束した。おきみたちを守ることを。それを破ることはできない」

そっと障子窓を閉めたおきみは弥八に向き直った。

「弥八さんは、胸騒ぎはしていないの」

いわれて、弥八が顔をしかめる。

「しているのね」

困ったような表情で弥八が首を縦に振る。

「本当のことをいえばな。皆と同じだ。胸が痛くて仕方ない」

「四人が四人とも胸騒ぎがしているなんて、本当に俊介さんたち、大丈夫かしら」

そのとき襖の向こうに人の気配がした。

「お食事の支度ができました。あけてもよろしゅうございますか」

「うむ、入ってくれ」

弥八がいうと、からりと襖が横に滑り、若い女中が顔をのぞかせた。廊下に四つの膳が積み重なって置かれている。それが女中の手ですぐに運び込まれた。

「お待たせしました。おなかがお空きになったでしょう」

「うむ、まあな」

弥八が煮え切らない言葉を返す。

弥八さんは、とおきみは思った。私と同じであまり空いていないんだわ。

膳には、竹輪の焼いたものと鯵《あじ》の塩焼き、海苔、わかめの吸い物など、豪勢としかいいようがない献立がのっている。

「わあ、おいしそう」

歓声を上げてみたものの、実際にはおきみはあまり惹かれていない。

箸を取り、食べはじめたものの、やはり味気ない。

俊介さんたちがいたときには、なにを食べてもおいしかったのに。

夕餉は、ほとんど会話が弾むことなく終わった。宿の者に悪いから、おきみたちはすべて残さず食べたが、腹よりむしろ胸のほうが一杯になり、苦しさが増した。

お茶を飲み、おきみは目を閉じた。目を開け、弥八を見つめる。

「弥八さん、お願いがあるの」

「なにかな」

真剣な顔で弥八が小首をかしげる。

「俊介さんのところに連れていけ、という顔ではないな」

「ええ、それは望んでも仕方がないことだから、もういわないわ」

「ならば、願いというのはなにかな」

「弥八さんに、俊介さんたちの手助けに行ってほしいの」

弥八が虚を突かれたような顔をする。

「俺が」

「ええ、そうよ」

深くうなずいて、おきみは続けた。

「四人そろって胸騒ぎがしているってことは、やはり俊介さんたちの身になにか起きるってことじゃないかって思うの。あたしが行っても、なんの役にも立たない。良美さんたちならちがうかもしれないけど、あたしたちの中で一番役に立つのは弥八さんよ。あたしたちのことはいいから、俊介さんたちのお手伝いをしてほしいの」

「だが、俺にはおきみたちを守る役目がある」

「女だけでも大丈夫です」

おきみがいう前に、良美がきっぱりといい切った。

「そうよ。あたしたちはこの宿場を動かずにいるから」

「なに。ずっとこの宿場に逗留《とうりゅう》するというのか。だがおきみ、おっかさんがおまえの帰りを待っているぞ」

「おっかさんには悪いと思う。でも俊介さんたち抜きで先に行っても、心配で胸が潰れそうなの」

「まあ、そうだろうな」

「俊介さんたちはおおちゃんたちの用事を済ませたら、萩往還を使って西国街道を目指すんでしょ。この宿場にいれば、必ず俊介さんたちと会えるんじゃないの」

「必ず会えるだろう」

「あたし、俊介さんと一緒に江戸を目指したいの」

「私もです」

良美がいった。

「女三人、本当にこの旅籠を動かずにいるのだな」

念を入れるように弥八が確かめる。

「動かないわ」

「じっとしています」

「わかった」

弥八が深く顎を引いた。

「俺は俊介さんのもとに行くことにしよう。きっとなにか役に立てるはずだ」

すっくと弥八が立ち上がる。

「では、行ってくる」

えっ、とおきみは目を大きく見開いた。

「今から行くの」

「早いほうがよかろう」

「それはそうだけど」

「俺も一刻も早く無事な俊介さんの顔を見たくてならないんだ」

からりと障子窓を開け、弥八がひょいと下をのぞき込む。

「では、行ってくる。おきみ、窓を閉めてくれるか」

「わかったわ」

おきみが答えると同時に、弥八の姿が一瞬で見えなくなった。西国街道に飛び降りたのだろうが、宙に吸い込まれたというほうがふさわしく思えるほど、鮮やかな姿の消し方だった。

その場に残されたおきみたちは、あっけにとられるしかなかった。

三

暮れかけている。

「少し暗くなってきましたな」

低い山々に挟み込まれた空を見上げて、伝兵衛がいう。午後も遅くなってから出てきた太陽は、かろうじて山の端に引っかかるようにして橙《だいだい》色の光を放っている。あと四半刻もしないうちに、山の向こうに没するだろう。

「明木宿まで、あとどのくらいかな」

「先ほどの道標によれば、もう半里もないはずでござる」

「あの道標も、実は偽物などということはないのか」

「苔《こけ》むしてござった。さすがにそれはござるまいの」

「それなら、日暮れまでになんとかたどり着けるか」

「なんとしても、たどり着きましょうぞ」

敵の手で吉成の里に誘い込まれたために、俊介たちは、本来ならすでに萩に到着していなければならないところを、今日もまた宿場で一泊する必要に迫られている。

舟木宿から萩に向けて出立した直後、鐘七が萩往還との追分になっている明木宿について口にしていたが、今日はどうやらそこに宿を求めることになりそうだ。

疲れた体にむち打つように山道を進む。

「おまお、おかな、大丈夫か」

特におかなのことは心配である。なにしろ左肩に傷を負う身なのだ。

「はい、大丈夫です」

返ってくるのは、いつも元気のよい言葉だけだ。

「おかな、肩は痛くないか」

「はい、へっちゃらです」

「無理をするなよ。疲れたと思ったら、遠慮なくいわぬと駄目だぞ」

歩きながら俊介はおかなの顔を見た。少し青い感じがする。

俊介は立ち止まり、しゃがみ込んだ。おかなに背中を見せる。

「おかな、おぶされ」

「えっ、そんな。俊介さまに甘えるわけにはいきません」

「甘えてよいのだ」

「だって、もったいないですから」

「俺の身分を気にしているのか」

「鐘七さんもいっていましたけど――」

これは姉のおまおである。

「俊介さまは、お大名のお血筋だろうと、私たちは思っています」

そうではない、と俊介はいえない。嘘はつけない性分ゆえに、こういうとき、なんと答えればよいか、窮《きゅう》してしまう。

「ならば、わしならよいかの。わしは大名には見えんじゃろう」

にこにこと好々爺《こうこうや》のようにほほえんで、伝兵衛が前に進み出る。

「はい、伝兵衛さまは俊介さまの立派なご家来でいらっしゃいます」

「その通りじゃ。わしは俊介どのの無二の家臣じゃ。おかな、俊介どのがいかぬというのならば、わしにおぶされればよい」

伝兵衛が俊介に代わって、おかなの前にかがみ込む。

「さあ、おぶさりなさい」

伝兵衛が優しくいざなう。

「でも」

「わしに遠慮することはない」

「本当によいのですか」

「よいに決まっておる。おぬしが舟木宿で傷を負った際、医者の家に担ぎ込んだのは、このわしじゃぞ。忘れてしまったかの」

「よく覚えています。伝兵衛さんは小柄なのに、広い背中に感じられて、私、とても幸せでした」

「そうか、そうか、幸せじゃったか」

これ以上うれしいことはないというような顔で、伝兵衛が笑う。

「ではおかな、その幸せをまた上げよう。さあ、おぶさりなさい」

笑顔を弾けさせて、おかなが伝兵衛の両肩に手をかける。

「ほう、なかなか重いの」

といっても、おかなを背にした伝兵衛の足取りはしっかりしたものだ。どっしりとしており、なんの揺らぎも感じさせない。

「えっ、そうですか」

「だが、まだまだ軽いのう。おかな、もっと大きくなればよいの。それには、ご飯をたくさん食べることじゃな」

「それなら大丈夫です。私、食いしんぼだから。ご飯、大好き」

「食いしんぼは、とてもいいことなんじゃぞ。食べ物が大好きならば、向こうから寄ってくるからの。食べ物でもなんでも、物というのは好きな人に寄ってくるもんじゃ」

「へえ、そうなんだ」

「唯一の例外はお金じゃの。わしはお金が大好きで、恋い慕っておるのじゃが、寄ってきてくれん。惚れ方がまだまだ足りぬのじゃろうのう」

伝兵衛のすぐ後ろを歩くおまおが、笑い合う二人を見て、うらやましそうな顔をしていることに俊介は気づいた。

「おまお、俺の背中に乗るか」

声をかけた。おまおが、あわててかぶりを振る。

「そういうわけにはいきません」

「俺なら、本当にかまわぬのだぞ。もし俺が本当に大名の血筋だとして、おまお、そういう者におぶさったというのは、長じたときによい思い出になるのとちがうか」

「それはそうでしょうけど」

「おまお、おぶされ。疲れているだろう」

しゃがみ込んで、俊介はおまおに背中を見せた。

「疲れているのは、俊介さまも同じはずです」

「俺は疲れてなどおらぬ。それにおぶさるといっても、明木宿までだ。じき着いてしまう」

「本当によいのですか」

「うむ、かまわぬ」

柔らかな重みが背中にかかる。

「よし、行くぞ。しっかりつかまっておれ」

「はい」

弾んだ声と息づかいが俊介の耳にかかる。

「ああ、楽しい」

俊介の背中に頬をうずめておまおがいう。

「そうか、楽しいか」

「俊介さま、重くありませんか」

「まだまだ軽いな。おまお、早く大きくなれ」

「はい、がんばります。大きくなったら、俊介さまのお嫁さんになりたい。俊介さまのことをお大名のお血筋だと思っているのに、変ですか」

「俺が大名の血筋がどうかはおいておいて、大名の妻になりたいと考える者は少なくなかろう。若松屋ほどの店ならば、行儀見習いとして大名屋敷に奉公に上がることも珍しくないだろう」

「私は奉公に行きたいと思ったことは一度もありません。ただ、俊介さまのお嫁さんになれたら幸せだろうな、と思っただけです」

「おまお、実は先約があるのだ」

背中の上でおまおがはっとする。

「もしかして、おきみちゃんですか」

「よくわかるな」

「そうですか。おきみちゃんも俊介さまのことを……」

本当にどうなるのだろう、と俊介は思った。おまおをおんぶしていても、良美のことがしきりに思い出される。良美のことは大好きだが、縁談の相手は姉の福美である。大名同士の婚姻では、自分の気持ちなど一切、斟酌《しんしゃく》されない。良美の姉だから、きっと心根の優しい娘にちがいあるまい。だが……。

「俊介さま、どうされました」

おまおにいわれて、俊介は我に返った。

「すまぬ、ちと考え事をしていた」

「当ててみましょうか。良美さまのことではありませんか」

俊介は笑うしかなかった。

「女の勘は恐ろしいな」

おまおはまだ十一のはずだ。それでもこんなに鋭い勘を誇っている。考えてみれば、おきみは六歳に過ぎないが、おまおに劣らぬ勘のよさを持っている。

ますます暗くなってきた。行きかう旅人の姿はまったくない。舟木街道を行くのは、俊介たちだけだ。

もっとも、いま俊介たちが歩いている街道は、とうにその呼び名を変えている。赤間関《あかまがせき》往還というのでござるよ、と伝兵衛がいっていた。

つまりこの道を戻り、西を目指して進んでゆけば、いずれ赤間関に出るようになっているのだ。赤間関は長府毛利家のものとはいえ、毛利宗家にとっても重要な土地ゆえ、萩から労なく行けるように、街道が整えられているのだろう。

そんなことを考えながら、おまおをおぶって歩いていたら、冷や水を浴びせられたように俊介の背中に戦慄が走った。

なんだ、これは、と思う間もなく、その理由を俊介は覚った。

ほんの三間ばかり先の街道上に人影が立っており、それが似鳥幹之丞であるとわかったからだ。

幹之丞をにらみつけつつ、俊介は静かにおまおを下ろした。伝兵衛もおかなを地面に立たせた。

二人の姉妹は、がらりと雰囲気が変わった俊介たちと、道の真ん中に立つ見知らぬ幹之丞を交互に見て、戸惑った顔をしている。

「そやつは俺の友垣の仇《かたき》だ」

落ち着け、と自らにいい聞かせつつ俊介はおまおとおかなに告げた。

「友垣の仇……」

おまおが呆然としたようにつぶやく。

「そうだ。そやつは、寺岡辰之助《てらおかたつのすけ》を殺しおった。辰之助は俺の無二の友垣だった」

　辰之助が死んだと知らされたときの衝撃は、俊介の中でいまだに和らがない。これは、辰之助が、幹之丞を殺してほしい、と復讐を願っているからではないか。本願を達成したときに初めて、和らいでゆくのではあるまいか。いや、辰之助が復讐を望んでいるわけではない。この俺が幹之丞を殺したくて仕方がないのだ。

「俊介、なにをぶつぶついっているのだ。せっかくあらわれてやったというに、無駄口を叩いておってどうする」

　息を入れ、俊介は幹之丞をねめつけた。

「似鳥幹之丞、ここでやり合うつもりか」

「ここでは戦う気はない」

　ひらりと身を返すや、幹之丞が赤間関往還を、明木宿のほうに向かって走り出した。

「伝兵衛、おまおとおかなを頼む」

　幹之丞の後ろ姿を目で追いかけつつ、俊介はいった。

「俊介どの、お気をつけなされ。あやつ、俊介どのを屠るために、なんらかの策を弄しているにちがいありませぬ」

「うむ、よくわかっている」

「俊介どの、注意してしすぎということはありませぬぞ」

「わかっている」

幹之丞の姿が深い木々の向こうに消えた。

「俊介どの、早う行きなされ。それがしもこの二人をともなってすぐさま追いかける所存」

うむ、と顎を引いて俊介は地を蹴った。

俺は十分すぎるほど冷静だ。

足を駆けさせて俊介は思った。これならやつを殺れる。きっとやれる。この旅に出て、何度も修羅場をくぐり抜けた。おかげで俺の腕は格段に上がったはずだ。江戸にいるときは正直、幹之丞にかなう腕前ではなかった。だが、今はちがう。幹之丞にも互して戦えるはずだ。

再び視野に幹之丞の姿が入った。

あやつは、と俊介は思った。わざとゆっくり走っているのだ。伝兵衛のいう通り、この俺をどこかに引き込むつもりでいる。そこで俺を殺す気でいるのだ。

今日が俺の命日になるやもしれぬ。

恐怖が胸に迫る。

いや、弱気になるな。

俊介は自らを叱咤《しった》した。

今日という日を、似鳥幹之丞の命日にしてやるのだ。

俊介は幹之丞を追い続けた。

およそ三町は走ったのではないかと思える頃、幹之丞が道を折れ、森に入った。

俊介はためらうことなくあとを追った。

ほんの半町ばかりで、足を止めることになった。

森の中にぽっかりとできた草原があった。日が落ち、ひどく暗い。

四間ばかり先に、人影が立っている。幹之丞ではない。槍を手にしている。幹之丞はどこかに姿を消している。こちらの様子を、木陰からでもじっとうかがっているのだろう。

——こやつがこたびの刺客か。

刀に手を置いて、俊介は納得した。幹之丞はただ、この場に案内しただけのことだ。

「待っていたぞ」

男が音吐朗々《おんとろうろう》とした声を放った。

ずいぶんよい声をしているな、と俊介は場ちがいなことを思った。役者にでもなったら、このよく通る声は強みになるのではあるまいか。刺客などもったいない。

男の顔は、暗すぎて見えない。俊介自身夜目は利くが、ここまで暗いと、さすがにどうにもならない。

どのみち倒すしかない相手である。顔など知らないほうがよい。

「名は」

腰を落として俊介は問うた。殺す相手として、名くらいはさすがに知っておきたい。

「名を知りたいのか。教えてやりたいが、いうわけにはいかぬ」

「どこの者だ。江戸か」

「それもいえぬ」

しゃべりに独特の訛《なま》りがあることに、俊介は気づいた。

「まさか我が家中の者ではなかろうな」

「真田家中の者なら、殺さぬか」

「できれば我が家臣を手にかけたくはない」

「案ずるな。おぬしのことを主君だと思うたことは一度たりともない。それに、おぬしに俺は殺せぬ。死ぬのはおぬしよ。おぬし、思い上がりといわれたことはないか」

「ないな」

「皆、遠慮しているのだな。おぬし、自分が死ぬと思うたことは、これまで一度もないのではないか」

「そのようなことはない。先ほども似鳥を追いかけつつ、今日が命日になるかもしれぬ、と考えた」

「俺の問いになんのためらいもなくすらすら答えるとは、ずいぶん素直な男だ。――しかし、その通りだ。今日がおぬしの命日となるのだ。行くぞ」

一段と高く声を張り上げて、刺客が槍を掲げた。だん、と土を蹴り、猛然と突っ込んできた。

距離が一気に縮まる。

轟然《ごうぜん》と槍が突き出される。俊介は刀を抜くや、穂先をはね上げた。腕にしびれるような衝撃が走る。

槍が上から落ちてきた。俊介の頭を狙っている。これをまともに受けたら、頭を皿のように割られるだろう。

俊介は後ろに下がった。槍がぎゅんと、ひと伸びする。俊介の肩を打とうとした。俊介はかろうじて刀で打ち払った。

刺客が槍を自らの頭上に持ち上げ、ぐるぐる回しはじめた。一歩、踏み込むと同時に、旋回した槍が俊介の左の横面を狙ってきた。俊介は刀で打ち返した。

またも旋回した槍が今度は、右の横顔を打とうとした。俊介は顔を下げて、それをかわした。

いったん上に上がった穂先が一気に下りてきて、俊介の頭を砕こうとする。俊介は刀でまともに受けた。背が縮んだのではないか、と思うほど強い力がかかる。

その力がさっと消えたと思った次の瞬間、また槍が回転し、今度は横から俊介の腹をめがけてきた。

俊介は刀を下げて、それを受け止めた。がしん、と音がし、衝撃で後ろに下がらされそうになったが、なんとか足を踏ん張り、こらえた。

しごかれた槍がまっすぐ伸びてきて、俊介の胸を貫こうとした。体をひねって俊介はかわした。反撃に出ようとして、前に踏み出そうとしたが、その前に鞭《むち》のようにしなりを帯びた槍が、まるで袈裟懸けのごとくに、斜めから振り下ろされた。

俊介はこれも刀でがっちりと食い止めた。

「しぶといの」

槍をいったん引いた刺客があきれたようにつぶやく。

「しぶといとは聞いていたが、予期していた以上だ。おぬし、槍とやり合ったことはあるのか」

「初めてだ」

「戸惑ってはおらぬのか」

「そなたからどう見える」

「最初は戸惑っているように見えた。間合が刀とはちがうからな。だが、やり合ってしばらくして、だいぶ慣れたな」

「確かに慣れた。だが、槍というものがこんなに重くて強いものだとは知らなんだ。礼をいうぞ」

「礼だと」

「教えてくれた礼だ」

「きさま、なめておるのか」

怒気をはらんだ声で刺客がいう。

「なめてなどおらぬ。感謝の思いを口にしただけだ」

ちっ、と刺客が舌打ちする。

「ずいぶん浮き世離れした男だ。そのくらいでないと、大名にはなれぬのかもしれぬな」

胸を大きくふくらませ、刺客が息を入れた。

「よし、本気を出させてもらうぞ」

「ほう、これまで本気ではなかったということか」

「きさま相手に本気を出す必要などないと思うていた。だがこのしぶとさでは、そういうわけにもいかぬようだ」

暗さの中、刺客の顔色が変わったのが、俊介にはわかった。目の輝きがこれまでとまったく異なるのだ。

「剣では、流派に伝わる秘密の太刀筋のことを秘剣というが、それに匹敵するような技を持っているのか」

「槍術ではどうやら秘槍というらしい」

「らしい、というと、そなた、槍は誰かに習ったわけではないのか」

「独学よ」

「そいつはすごい。秘槍も自力で習得したというわけか」

「そういうことだ。さて、果たして真田の若殿を驚かすことができるかな」

純粋に、いったいどんな技なのか、見てみたいと俊介は思った。

「来い」

刺客がいぶかしげに見る。

「きさま、楽しんでおるのか」

「このような機会は、滅多にあるものではない。楽しんだほうがよかろう」

ほう、と刺客が吐息を漏らした。

「きさま、思っていた以上に器がでかいようだ。惜しいな。本当に真田家をよい家にしてくれるかもしれぬのに」

「今の家には不満か」

「不満でないと思うのか。これだから、上にいる者は……」

そのとき、不意に草原が明るくなった。雲が流れ去り、月光が木々の切れ間から射し込んできたのだ。地面に俊介たちの影ができるほど強い光である。

俊介は刺客の顔を見た。それを嫌うように、死ねっ、と叫んで刺客が突っ込んできた。

間合いに入るや、槍が下段から繰り出されてきた。

穂先は明らかに俊介の小手を狙っていた。俊介は後ろに下がった。

また槍が下から出てきた。しなりを利して、またも小手を打とうとしていた。

俊介はすり足で背後に下がった。

槍はなおも追ってくる。三度目も小手を的としていた。

俊介はこれも避けた。目を上げ、刺客を見つめる。三度、よけられても焦ったり、怒ったりしていない。顔色は冷静のようだ。

これが秘槍とはとても思えない。ただ、小手を狙っているだけではないか。

これなら反撃に出られる。俊介は思った。いくら間合がちがうといっても、次に同じ攻撃を仕掛けてきたら、こちらから攻勢に出ようと決めた。

いつまでも守ってばかりではつまらぬ。

だが、これが刺客の狙いかもしれぬ、とも俊介は感じた。こちらを前に出させて、そこを突こうという手かもしれぬ。

俊介の思惑など関係ないといわんばかりに、刺客は飽きもせず、またも穂先で小手を叩こうとした。

――かまわぬ。

小手を狙う槍を弾き返し、俊介は刀を斜めに構えて一気に前に出ようとした。

いきなり槍が下段から躍り上がるようにしなり、俊介の顔をめがけてきた。一瞬で穂先が顔に迫った。

あわてて顔をそむけたが、両目に鋭い痛みを感じた。

――あっ。

一気に視界が利かなくなった。

これが狙いだったのか。

小手ばかり狙って油断させ、本当の狙いは目だったのだ。

まずい。

恐慌をきたし、俊介は闇雲に刀を振り回すしかなくなった。

楽しんだほうがよかろう、と傲岸なことをいったしっぺ返しがきたのだ。

「どうだ、目が見えなくなった気分は」

右から刺客が語りかけてくる。

俊介はそちらに向けて刀を振った。

「そんな大振りでは、隙だらけぞ。主君たる者、こういうときにこそ冷静にならねばならぬのではないか」

その通りだ、と俊介は思った。心眼を研ぎ澄ますのだ。

目のことは心配だ。このまま失明してしまうかもしれぬと思うと、いても立ってもいられなくなる。だが、今そのことを考えて、じたばたしても仕方がない。

今は刺客を倒すことだけを思案しなければならない。

どうすれば、目の前の男を倒せるか。事態は戦いはじめたときよりずっと悪くなった。

果たして倒せるものなのか。

なにを弱気になっているのだ。

俊介は自らを叱りつけた。

倒せるに決まっているではないか。俺は生きるのだ。生きてまた良美に会うのだ。

良美の顔を脳裏に思い浮かべたら、元気が出てきた。

さて、今やつはどこにいるのか。

正直、さっぱりわからない。

心眼といっても、自分程度の技量ではどうにも役に立たないようだ。

足音もしない。気配はまったく感じ取れない。今にも槍が伸びてきて、体を貫くのではないか、という恐怖にとらわれる。

それでも、その思いに負けることなく、俊介は凝然とその場に立っていた。動けば、そのときが最期ではないか、との思いがある。

――おや。

俊介はなんらかの動きを感じ取った。

これは――。

いま刺客が右にいるのが、はっきりと知れた。距離はおそらく一間もないだろう。わずかずつ近寄ってきていたのだ。

今にも槍を突いてきそうに思える。だが、そのときこそが反撃の絶好の機会となろう。

かすかに大気を裂く音がした。それを待っていた俊介は体をひねり、地面を蹴って大きく跳躍し、上段から刀を振り下ろしていった。

骨を断ったような感触が伝わった。うぐっ、と苦しそうな声がそれに続く。どたり、と重い物が地面に倒れたような音が耳を打った。

「き、きさま」

刺客の声が、下からわき上がって聞こえてきた。

「な、なにゆえ俺の位置がわかった」

「影だ」

俊介は静かに答えた。いまだに視野は戻ってこない。

「影だと」

「月光のつくる影だ。おぬしの影が俺のまぶたに映り込んだ。それでそなたがどこにいるのか、知れたのだ」

「つ、月か」

地面に横たわっているはずの刺客が呆然という。

「明るすぎるあの月に俺は裏切られたのか。あれほど愛でてやったというに、まさかこのようなときに裏切られるとは……」

それきり声は途絶えた。命が蜉蝣《かげろう》のようにふわふわと天に昇ってゆく場面が、俊介の頭の中に映し出された。

——勝ったのか。

刺客を倒せたのが、今でも信じられない。月に感謝してもしきれない。

しかし、目は治るのか。

もし穂先で斬られているのなら、治ることはないだろう。

痛みは感じない。感じないのはよい兆しだと思うが、油断はできない。まだ目を開けようという気にならない。開けるのが怖い。もしなにも見えなかったら。

今ここに似鳥があらわれたらどうなるか。

あっさりと殺られてしまうにちがいない。似鳥は、影で動きを覚らせるようなへまは犯すまい。

「俊介どの」

そのとき、捜しているらしい伝兵衛の声がした。

「伝兵衛、ここだ」

俊介が大きく呼ぶと、がさがさと左手の藪が鳴った。

「ああ、ご無事でござったか」

安堵の思いが強い過ぎて、へなへなとその場にへたりこんでしまいそうな声だ。

「これが刺客でござるか」

「うむ、そうだ」

「俊介どの、どうかされたか」

「目が見えぬ」

「えっ」

おまおとおかなも驚いているようだ。

「槍でやられた」

「どれ、見せてくだされ」

伝兵衛が寄ってきて、俊介の目を見つめはじめたのがわかった。

「傷はありませぬ」

「まことか」

「あけてみてくだされ」

俊介はゆっくりと目をあけた。

「いかがですかな」

「見える」

目の前に心配そうな伝兵衛の顔がある。おまおとおかなも案じ顔で見上げていた。俊介はあまりにうれしくて、伝兵衛に抱きつきたくなった。伝兵衛のしわ深い顔がこれほどいとおしく見えたのは、初めてだった。

「おそらく穂先が鋭くよぎったせいで、視野を奪われたのでしょうな。瞳にも傷はないようでござるゆえ、安心してくだされ。もっとも、一度、目医者に診《み》てもらったほうがよいでしょうが」

「萩に着いたら診てもらおう」

俊介は、足下に横たわる死骸に目をやった。左肩から胸にかけて大きな傷が入り、そこから流れ出した血が血だまりをつくっている。

おまおやおかなには、できれば見せたくなかったが、もう仕方がない。

「これが得物でござるか」

かがみ込んだ伝兵衛が拾い上げた。

「どうやら杖に手を加えたものでござるな。どちらかというと、仕込み杖に近いものでござるよ。仕込み杖はたいてい刀でござるが。この男、これを突いて旅をしてきたのでござるな」

「持たせてくれ」

俊介は伝兵衛から槍を受け取り、じっくりと見た。

「槍とはすごい得物だな」

「そのすごい得物に勝ったのでござるから、俊介どのはもっとすごいということにござる。しかも、目が見えぬのに勝ったのでござろう。それは本当にすごいことでござるよ」

俊介はあたりを見回した。似鳥幹之丞の目や気配は感じない。だが、きっと今も近くにいて、こちらを見ているはずだ。

似鳥幹之丞め、と俊介は痛快に思った。俺が勝ったのを目の当たりにして、目をむいているのではあるまいか。

四

もはやこらえきれぬ。

我慢も限度とはこのことよ。

馬の背に揺られつつ、左京亮は歯嚙みして思った。

先ほど、金造と丁造までも俊介たちに返り討ちにされたとの報が入ったのだ。

まさかあの二人までが殺られるとは思っていなかった。金造の『金』、丁造の『丁』。二つを合わせて『釘』になる。

あの兄弟は、釘を得物にすることが運命づけられていたのだ。

右近によれば、万全の策を取ったとのことだ。俊介たちを道に迷わせ、廃村にある廃寺に誘い込み、そこで殺すという策だったという。そのために俊介たちの道案内に怪我を負わせ、その上、廃寺に見えないように鐘楼に新たな鐘をつるしたというのだ。

そこまでやったにもかかわらず、金造と丁造の二人はしくじった。

ここまでくると、やはり俊介には真田の守り神が本当に憑いているのではないかと思えてくる。

いや、守り神が憑いているのは、おまおとおかなのほうか。押し込みで殺した二親が守り神となって、二人を守護しているのではあるまいか。

とにかく、金造と丁造がしくじったとの報を受けて、左京亮は自ら出馬することを決意したのだ。いま長府の陣屋を出て、萩に向かって馬を走らせている。順調にいけば、今夜中には必ず着けよう。

どこかで俊介たちを追い越すことになるのだ。俊介たちは、きっともう一泊するにちがいない。おまおとおかなを連れている以上、無理をすることはまずあるまい。

おまおとおかなの二人が向かっているのは、萩の清水美作守の屋敷で、まずまちがいない。左京亮は確信している。

なにしろ清水美作守は長府毛利家に敵意を抱いているのだ。赤間関を毛利宗家のものとしたいという野望をあらわにしているということもある。あの利を生み出す湊を毛利宗家のものにできたら、台所はどれだけ潤うか。それを考えるだけでも、長府毛利家を叩き潰したいという思いを消せなくなるのだろう。

その上、清水美作守は、毛利宗家を左京亮に乗っ取られるのではないか、という気持ちも持っているのだ。

左京亮にその気がないわけではない。いや、強い気持ちを抱いている。

余が毛利宗家を継いだ暁には、かならずや強大な家にしてみせる。

そんな思いが左京亮にはある。

公儀など恐れない家にしてみせるのだ。そして、いつの日か徳川の世を倒してやるのだ。そのためには金がいる。

廻船問屋若松屋を我が物にし、思い通りに動かさなければならぬ。

糸吉まで殺すことになったのは、痛いといえば痛い。

なにしろ抜け荷のやり方を、最も詳しく知る一人だったのだから。

だが、抜け荷は糸吉一人でやるものではない。手練はまだいくらでもいる。

取引に支障が出ることはあるまい。

――はいや。

鞭を見せて、左京亮は馬に気合を入れた。

いい馬だが、萩までこの一頭で行くことはできない。どこかで馬を替えなければならない。

とにかく、俊介たちよりも早く萩に着くことだ。それ以外、いま自分がすべきことはない。

左京亮は後ろを見た。近習の二人が馬に乗って続いている。

少し遅れ気味だ。

かまわぬ。

とにかく余一人でも萩に着けばよい。

そして、萩で真田俊介を倒すのだ。

余しかやつを倒せまい。

第四章　伝兵衛の舞

一

長い下りが続いている。

「あれかしら」

おまおが指さす。

「あれが萩じゃないかしら」

きらきらと陽光を弾く海が見え、その手前に扇の形に町が広がっているのがわかる。

「おそらくそうだろう」

町を眺めて、俊介はうなずいた。

「お城は見えるかしら」

歩きながらおかなが、かかとを上げる。

「町の左側に立つ小高い山のところに立派そうな天守が見えているような気がするが、勘ちがいかの」

「ううん、伝兵衛さん、勘ちがいじゃないわ。あれはまちがいなくご天守よ」

おまおが弾んだ声を上げる。萩を目の当たりにして、よほど舞い上がっているのだ。

それも当たり前だろう。波のように何度も押し寄せた苦難をすべて乗り越えて、ここまでやってきたのだ。俊介自身、萩の町を目に入れて、やったという思いで一杯である。伝兵衛も気持ちを浮き立たせているらしく、頬がゆるみきっている。

だが油断は禁物だ、と俊介は自らにいい聞かせた。まだ萩の町が見えただけで、着いたわけではない。清水屋敷に到着したわけでもない。

おまおとおかなの二人を清水美作守に渡して、初めてすべてのことが終わったといえるのだ。左京亮の家臣に命を狙われたとはいえ、それはこちらがおまおたちの守りについいたから生じたことで、左京亮に文句をいう筋合いはないだろう。とにかく、毛利家の内情に首を突っ込むような真似だけは避けなければならない。清水美作守という男が信頼に足る人物ならば、左京亮のことを含め、きっとものの見事に始末をつけてくれよう。

俊介は後ろを振り返った。昨夜の宿とした明木宿は、もうとっくに見えない。萩と明木宿はおよそ三里。無理をすれば昨日も萩まで行けないことはなかったが、やはり知らない道を、夜間に行くのは避けたかった。

明木宿には、毛利宗家の殿さまが参勤交代の際に休んだり、泊まったりする御客屋というものがあった。この建物は最初は休憩のためだけのものだったらしいが、のちに宿泊もできる体裁に整えられたという。

萩に近づくにつれ、潮のにおいが鼻につくようになった。萩往還を行きかう人も格段に多くなった。

長州の者はおしゃべり好きばかりなのか、声高に話しながら歩く者がほとんどだ。話し相手のない一人で道を行く者は黙っているが、もし連れがいるとしたら、かしましくしゃべり合いながら足を運んでいるのではないだろうか。

坂を下りきると、途端に町屋が増えた。人の数はさらに多くなった。にぎやかな町だ。江戸にはむろん及ぶべくもないが、さすがに毛利三十六万石の城下町だけのことはある。

おびただしい数の商店が軒を並べ、旅籠らしい建物も数多い。江戸でも大店と呼んでもおかしくない間口の店も目につく。

行商人も目立つ。商家の者や職人らしい者たちの姿も多い。毛利家の者と思える武家も繁く行きかっている。

潮の香りがずっと濃いものになっている。山陰の海は、江戸よりもずっと海のにおいが強いようだ。

「よい天守でござるな」

ほれぼれとした顔で、伝兵衛が城を眺めている。

「うむ、白亜の壁に黒の屋根がいいな。五層の天守だ」

「あの城は別名、指月《しづき》城ともいうのですぞ」

「なにゆえそのような名がついている」

「なに、あの背後の山の名が指月山というのでござるよ」

「指月山にもお城があるけど、あれはなに」

おかなが小さな指を伸ばす。確かに山の中腹よりやや上のところに石垣が築かれ、建物も見えている。

「あれも城といえば城じゃが、あれは詰《つめ》の城と呼ぶべきものじゃな」

「詰の城って」

興味津々の顔でおまおがきく。

「もし、指月城が敵の手に落ちたとき、城主や家人たちが最後の一戦を試みるために籠《こ》もる城のことじゃよ」

「あのご天守を含めた下の城を取られてしまったあとも、まだ戦うつもりなの」

「それが武家というものじゃな。たやすく降伏したりはしないんじゃ」

「ふーん、そうなの。お武家って厳しいものなのね」

「うむ、まことその通りじゃ。ふだんは威張り腐っている者ばかりじゃが、常に死の覚悟を胸に日々を生きている者も少なくないと思うぞ」

「伝兵衛さんはどうなの」

無邪気な顔でおかなが問う。

「わしか、わしはどうかの。あまり覚悟はないの」

だが俊介の身に万一のことがあれば、腹をかっさばくつもりでいるのを、俊介は知っている。十分すぎるほどの覚悟を抱いて、伝兵衛は俊介のこの仇討旅についてきているのである。

「それにしても、いいにおいがしますの」

あたりには、近くの海でとれる魚や烏賊《いか》、貝を焼いて売っている屋台が軒を連ねているのだ。焦げた醬油《しょうゆ》のにおいが香ばしい。

「伝兵衛、食い物はあとだ。まずおまおとおかなを清水屋敷に連れてゆくほうが先だ」

それを聞いて、おまおとおかなが寂しそうな顔になる。

「どうした」

気にかかって俊介はたずねた。

「だって清水さまのお屋敷に着いたら、俊介さまたちとはお別れでしょ」

おまおが瞳を潤ませていう。おかなも目に涙が浮かんでいる。

「うむ、そういうことになるな。それが寂しいのか」

「俊介さんは寂しくないの」

「寂しいに決まっているではないか」

「でも俊介さんは、私たちほど悲しんだりしていない」

「一つには慣れたということがある」

「別れに慣れているの」

「ここまでずっと旅をしてきて、いろいろな人と出会い、また別れてきたゆえな。寂しさにも慣れというものがあることを、俺はこの旅に出て初めて知った」

「寂しさに慣れか……」

「人というのは出会い、必ず別れがくる。茶の湯に『一期一会』という言葉がある。これは、茶会は決して同じときがない、そのときこそが一生に一度の機会と心得、主客ともに誠心誠意を尽くしてその場に臨め、という意味だ。人の一生というのも、この言葉の通りだと思う。こたびの萩までの旅も同じことだろう。俺はおまおたちのために、誠心誠意を尽くしてここまでやってきた。それで今日、別れがくる。当たり前のことだ。人というのは出会えば、必ず別れがやってくるのだ」

「俊介さま、また会えますか」

「おまおたちが強い気持ちを持っていれば、必ず会える。大事なのは信じて疑わぬことだ」

そうだ、俺も同じではないか、と俊介は思った。良美とのことがうまくいくと信じて疑わなければ、きっとうまくいくに決まっているのだ。

「俊介さん、また良美さまのことを考えているのね」

おまおに指摘されて、俊介はぎくりとした。

「女の勘というのは、本当にすごいな」

俊介は苦笑し、あたりを眺め渡した。

「そうだな、伝兵衛のいう通り、最後になにか腹に入れて清水屋敷に行くとするか」

おまおたちをあわてて連れてゆくのでは、なにか厄介払いをしているような気にもなってくる。

おまおとおかなともっと一緒にいたいという気持ちは、決して偽りなどではないのだ。やはりともに危機を乗り越えると、情が移るのはまちがいない。

「なにがいいかな」

「やはりこの時季ならば、烏賊ではありませぬか」

舌なめずりするような顔で伝兵衛が薦める。

「この時季って、烏賊は冬が旬ではないのか」

「なんですと」

あんぐりと伝兵衛が口を開ける。

「俊介どのは本気でおっしゃっているのか」

「うむ、本気だ。ちがうのか」

「烏賊の旬は夏でござるよ」

「そうなのか。烏賊というと、冬にあたたかなものを食べているような感じがあるのだが」

「おでんの具にもなったりいたしますが、旬は夏でござるよ。山陰の烏賊は歯ごたえがあって、甘みが強くてこの上なしだという話を聞いたことがござる」

「ほう、そんなにうまいのか。よだれが出てきそうだな」

「俊介どの、そこの店でよろしいのではありませぬか」

めざとく見つけた伝兵衛が指をさす。それは通り沿いに建つ一膳飯屋という風情の店で、赤茶色の暖簾《のれん》が穏やかに揺れている。入口の脇に、烏賊、と染め抜かれた幟《のぼり》が風にはためいていた。

「よかろう。伝兵衛の眼力を信じよう」

「かたじけのうござる。ああ、おまお、おかな、烏賊は好きかの」

「大好きよ」

「魚の中で一番好き」

「烏賊も魚の一種ではあるの。――ごめん」

戸口に立った伝兵衛が、暖簾のかかった障子戸を横に滑らせる。中は大勢の客が入っていた。刻限がすでに昼に近いのだ。畳敷きの座敷になっており、それぞれの者たちが適当に座っては、箸を動かしている。ざっと見たところ、烏賊を食している者が多いようだ。

「こちらにどうぞ」

土間にいる小女が、俊介たちを手招く。俊介たちは客たちのあいだをすり抜けるように進み、座敷の隅に陣取った。

「なにになさいますか」

小女が注文を取りに来た。

「烏賊づくしのような献立はあるかの」

「はい、烏賊刺しと烏賊の焼き物、烏賊の天ぷらがついたものがございます」

「それはよいの。おまおたちもそれでよいか」

「もちろんです」

「では、それを四つもらおうかの」

「ありがとうございます」

小女が注文を通しに厨房に向かう。

「楽しみですな」

「まったくだ。伝兵衛、知っていたか。俺もおかなと同じで、魚の中では烏賊が最も好きなのだ」

「えっ、さようにございましたか」

「伝兵衛さまは一番好きなのはなんですか」

おまおがきいた。

「わしは鰺かのう。鯖《さば》もいいのう。塩焼は鰺で、味噌煮は鯖じゃの」

「烏賊は」

「烏賊も好物じゃ。だが、一番ということはないの」

たいして待つほどもなく、小女がやってきた。四つの膳を重ねて持っている。

「お待たせしました」

それを手際よく俊介たちの前に置いてゆく。

確かに、烏賊刺しに烏賊焼き、烏賊の天ぷらがどっさりのっている。それにご飯に味噌汁、たくあんというものだ。

「これはまた豪勢でござるの」

俊介も目をみはらざるを得ない。

「伝兵衛の眼力は大したものだな」

「さようでござろう」

伝兵衛は鼻高々だ。

俊介はまずは刺身を食した。

「こいつはうまい」

身がしこしこと締まっており、その上に甘みが強い。

「こんなに甘い烏賊は初めて食べた」

「それがしもでござる。評判にたがわぬ味でござるの」

烏賊焼きも烏賊の天ぷらも美味だった。いずれも、江戸では決して味わえるようなものではなかった。

「在所に来てみなければわからぬものというのは、いくらでもあるのでござるなあ」

感慨を込めて伝兵衛がいう。

「ご飯もうまかった」

「長州のお米はとてもうもうござる」

「へえ、そうなんですか」

おまおが不思議そうにいう。俊介はおまおとおかなに告げた。

「そなたらは、いつも食べているからうまさに気づかぬかもしれぬが、長州米というのは実にうまい」

「江戸の米よりおいしいのですか」

「江戸は白米を食べるのだが、こちらのほうがうまいな。江戸にはさまざまなところから米が入ってくるが、やはり米というのも烏賊と同じく、新鮮なほうがうまいということであろう。長州の百姓衆の米[illegible]こともあるのだろう。長州でとれたうまい米を長州で食す。それが長州米の最[illegible]まい食べ方にちがいあるまい」

大満足で代を支払い、俊介たちは一膳飯屋を出た。

「うまかった。この店のうまさを俺は一生忘れぬと思う」

「それがしも同じでござる。あとどれだけ生きられるかわからぬが、ここの烏賊のことは、ずっと懐かしく思って生きることになりそうじゃ」

感極まったように伝兵衛がいった。

「山陰の烏賊はおいしいのね」

「本当ね」

にこにこしながら、おまおとおかながいい合っている。

「長府の烏賊は、ここほどうまくないのか」

「もっとやわらかい感じがします。今のみたいに、こりこりしてはいません」

「ふむ、そういうものか」

「山陰の海は瀬戸内に比べてずっと波が荒いゆえ、泳いでいるうちに烏賊も鍛えられるのでござろう。それで身が締まるのでござるよ」

「山陰の烏賊も大変な思いをして、泳いでいるのだな。美味でなかったら、漁師たちにとられることもなかろうに。――さて」

俊介は再び萩の町を見渡した。

「おまお、おかな、そろそろまいるか」

「はい、そういたしましょう」

おまおがこくりとうなずく。

「ずっと俊介さまたちと一緒にいたいからって、ずるずると先延ばしするわけにはいきません」

「うむ、さすがにおまおだ」

「おまおたちは、清水屋敷がどこにあるのか、……かの

「知りません」

「そうか。ならば、人に聞くのがよかろうの

伝兵衛が手近の人に道順を教えてもらうために足を踏み出した。そのとき、伝兵衛の足下に鞠が転がってきた。それを路地から女の子が追いかけてきた。おまおがその鞠を拾い上げて、女の子に手渡した。

「はい、どうぞ」

「ありがとう」

鞠を手にした女の子はおきみと同じくらいの年の頃か。おまおをまぶしいような顔で見ている。

「あの、うちの孫がなにかご迷惑をおかけしましたか」

女の子を追って路地を出てきた町人が穏やかにたずねてきた。歳は五十過ぎといったところか、実直そうな顔をしている。元は商人で、今は隠居というところか。

「いや、鞠が転がってきただけじゃよ」

目を細めて伝兵衛が答える。

「ああ、さようでございましたか。それは失礼いたしました」

「いや、謝るようなことはではない。ところでおぬし、清水美作守どのの屋敷を存じておるかの」

「もちろんでございます」

隠居らしい男が深く顎を引く。

「この城下で清水さまのお屋敷を知らぬ者はおりますまい。お侍方は、これからいらっしゃるのでございますか」

「そのつもりだ」

「でしたら、手前がご案内いたしましょう」

「よいのか」

「もちろんでございます。旅のお方に親切にするのは、萩の者として当たり前のことでございます」

「そうか。助かる」

「お安い御用でございますよ。こう申してはなんですが、お武家さまのお屋敷はどこも似たような造りで、正直、よそからいらした方にはどこなのか、わからないお方が多うございますから。手前はこれまで何度もご案内いたしましたよ。隠居の身で、暇なものですから、こちらもときを潰すのに、ありがたいくらいでございます」

隠居の男が孫の女の子を振り向く。

「おとみ、わしはこれから清水さまのお屋敷に行ってくるから、家に帰っていなさい。一人で帰れるか」

「大丈夫だよ。すぐそこだし」

「おっかさんたちに、おじいちゃんは出かけたことも伝えてくれるかい」

「うん、わかった」

鞠を胸に抱いて、女の子が路地に走り込んでゆく。その姿を、目を細めて隠居の男が見送る。

「本当に一人で大丈夫か」

気にかかって俊介は隠居の男にたずねた。

「大丈夫でございますよ。家はここから目と鼻の先ですから」

「ならばよいが」

江戸では一度、親とはぐれたら、二度と会えない子がたくさんいる。そのために町名と名を記した迷子札を胸に下げている子がほとんどだ。それだけ江戸が広いのだろうが、この町は江戸ほどの広さはもちろんなく、迷子が二度と戻らないということは、滅多にないのだろう。

「では、まいりましょうか」

隠居の男が先導をはじめる。

「遅ればせながら、名乗らせていただきます。手前は玄吉《げんきち》と申します。よろしくお見知りおきのほどを」

隠居の男が立ち止まってこちらに向き直り、小腰をかがめた。

「俺は俊介という。この者たちは伝兵衛、おまおにおかなだ」

「あの、俊介さま、ご名字は」

「それはいえぬ。勘弁してくれ」

「はあ、さようにございますか」

釈然としない顔ではあるが、そのことについて玄吉は触れようとしなかった。

道は武家町に入った。

「これはまた整然とした町並みでござるの」

「すばらしいでございましょう。京の都のように碁盤の目のようになっております」

「ふむ、すごい町だな。さすが毛利家だけのことはある」

やがて武家町の奥まった場所で玄吉が足を止めた。宏壮な屋敷で、忍び返しが設けられた塀は恐ろしいほど高い。小城の備えもつとまるのではないか、と思えるほどの塀だ。いかにも重臣の屋敷という風情である。

「こちらが清水さまのお屋敷でございます」

玄吉が、かたく閉まっている長屋門の小窓に向かって声をかける。

「どなたかな」

小窓が開き、二つの目がこちらを見た。

「高木《たかぎ》屋の玄吉でございます」

「おう、玄吉。久しいな。元気そうではないか。客人か」

「はい、お連れいたしました」

「客人の用件は」

「それは、手前は存じ上げません」

玄吉と入れ代わって、俊介は小窓の前に立った。では手前はこれで、と玄吉が俊介たちに一礼して、道を戻ってゆく。俊介は会釈して、礼を告げた。それからまた小窓を見上げた。

「この二人の娘は、清水美作守どのに会いたいといっている」

「どういうことでござるか」

「長府毛利家のあるじのことだ」

「というと、左京亮さまのことでござろうか」

「さよう」

二つの目がおまおたちを見た。

「その幼い二人が、左京亮さまのなにを知らせたいのでござるか」

「この二人は若松屋の者だ。若松屋を知っているか」

「廻船問屋でござるな。存じておりもうす」

「その死んだあるじの手紙を、清水美作どのに持ってきた。早々に門を開けてくれ」

「手紙を」

目が小窓から消え、くぐり戸が小さな音を鳴らして開いた。

「どうぞ、入ってくだされ」

俊介たちは敷地に足を踏み入れた。立派な母屋が正面に建っている。すぐにくぐり戸が閉じられた。

「いま殿さまは、ご出仕中でござる」

俊介たちを招き入れた家士がいう。

「いつお戻りかな」

家士が困ったような顔になる。

「それが、このところいつも遅いのでござる。お城でいろいろとあるようでござって」

「伝兵衛、清水美作守どのの帰りを待つほうがよいな」

「それはもう」

伝兵衛が家士を見つめる。

「それにしても、主人の先祖が彼の有名な清水宗治公とはうらやましいの。辞世の句は『浮き世をば　今こそ渡れ　武士《もののふ》の　名を高松の　苔に託して』じゃったの。まったくもって、すばらしい辞世の句よなあ。清水公の武将としてのすごさを如実にあらわしている句じゃ」

「はあ、ありがとうございます」

首をかしげ気味に、家士が小さく笑う。

「俊介さま、伝兵衛さま」

おまおが見上げてくる。

「ここまで来たから、私たちはもう大丈夫です。おきみちゃんが俊介さまたちの帰りを、今か今かって待っているのに、ここで俊介さまたちを縛りつけておくような真似はしたくありません」

「行ってよいというのか」

「はい、さようです。俊介さまたちとはもっと一緒にいたいけれど、ここで長引かせれば長引かせるほど、おきみちゃんが悲しむかと思うと……」

おまおが悲しげにうなだれる。

俊介は伝兵衛を見た。

「どう思う」

「まだ日は明るい。早いうちに萩を出立できれば、今日中にかなり進めると存ずる」

「うむ、そうだな」

「俊介さま、伝兵衛さま、私たちのことなら本当に大丈夫ですから」

目に光る物をたたえて、おまおがいい募る。

「よし、ならば、行かせてもらうことにしよう。おまお、これでお別れだ」

「はい、長いあいだ、本当にありがとうございました」

「おぬしたちと一緒にいられて、俺は幸せだった。また会おう」

「はい、必ず」

「俊介さま」

今までこらえていたものが噴き出したかのように、おかなが抱きついてきた。

あたたかなものが俊介の肩を濡らす。

俊介も涙が出てきた。伝兵衛も嗚咽《おえつ》している。家士もこらえきれなかったのか、横を向いている。

「おかな、元気でな」

「俊介さまも」

「うむ、また必ず会える」

「俊介さま、離れたくない」

またおかなが抱きついてきた。

「おかな、そういうな。別れがつらくなる」

「ごめんなさい」

おかながそっと離れた。今度はおまおが俊介の胸に飛び込んできた。

「俊介さま、お元気で」

「おまおも息災でな」

「はい。俊介さま、また会えますね」

「必ず会えるさ。おまお、強く念じればよい。それでまたきっと会える」

「わかりました」

おまおが涙を手で拭き取った。

「では伝兵衛、まいるか」

「はい、そういたしましょう」

「伝兵衛さま、元気でね。長生きしてね」

「うむ、おかなにまた会うまでは決して死なぬゆえ、安心してくれ」

「伝兵衛さまの背中、温かくて、とても気持ちよかった」

「それは最高の褒め言葉じゃな」

「伝兵衛さま、お世話になりました」

おまおが丁寧に頭を下げる。

「おまお、幸せになるんじゃぞ。それだけがわしの願いじゃ」

「ありがとうございます。伝兵衛さまのご恩は一生忘れません」

「うむ」

伝兵衛が必死に涙をこらえている。なにかの弾みで号泣しそうな感じだ。

俊介たちはくぐり戸から門を出た。

おまおとおかなが、身をかがめてのぞいている。

「閉めるぞ」

家士が優しくいうと、二つの顔が後ろに下がった。小さな影だけが見えている。

くぐり戸がゆっくりと閉まってゆく。ついに影も見えなくなった。

「終わったな、伝兵衛」

俊介は静かにいった。

「はい、まことに」

俊介は前を向いた。

「よし、おきみたちを追うか」

「俊介どの、本当はおきみではなくて、良美さまではありませぬか」

「もちろん良美どのにも会いたいぞ」

「それは、それがしもでござる」

俊介と伝兵衛の二人は、ひっそりとして静かな武家町を足早に歩いた。

行きかう人はほとんどいない。

二

また首をかしげた。

「どうかしたか、伝兵衛」

前を行く伝兵衛に、俊介は声をかけた。

「先ほどから首をかしげっぱなしではないか」

「なにかおかしいのでござるよ。腑に落ちぬという感じでござる」

「なにがおかしい」

「清水家の家士でござる」

俊介はつい先ほど別れたばかりの、実直そうな家士の顔を思い浮かべた。

「あの家士がどうかしたか」

「それがし、実はまちがえたのでござる」

「なにを」

「清水宗治どのの辞世の句でござる」

「どこをまちがえた。気づかなんだぞ」

「俊介どのはもともと辞世の句をご存じないから、致し方ないのでござるが

――」

「そう馬鹿にしたものではないぞ。清水宗治公の辞世なら、俺も知っている。さっき伝兵衛から聞いたからではないぞ。聞かせてあげよう」

俊介は静かに息を入れた。

「『浮き世をば　今こそ渡れ　武士《もののふ》の　名を高松の　苔に残して』。こうではないか」

「合うてござる。ちゃんとご存じなのに、俊介どのは気づかれなんだか。それがしは最後のところを、苔に託して、というてしまったのでござるよ」

「そうだったのか。気づかなかったな」

「俊介どのは清水家の家士でござらぬゆえ、気づかずともなんということはござらぬ。ただし、清水家の家士が気づかぬというのは、妙としかいいようがない」

「まちがいに気づいたが、伝兵衛のことを思いやって、気づかぬ顔をしたということはないのか」

「考えられぬことではないのでござるが、あの家士が、実際に辞世の句を知っておったのか、という気持ちが今はしておりますのじゃ。なにか初めて聞くかのように、首をかしげておったし」

その様子は俊介も覚えている。

「もし本当に辞世の句を知らなかったとしたら、どういうことになる」

「知れたこと」

伝兵衛が断言する。

「あの屋敷は、清水屋敷ではないということにござる」

「清水屋敷ではない――」

足を止め、俊介はしばし考えた。

「そのようなことがあり得るのか。わざわざ玄吉に案内してもらったというのに」

「十分あり得ましょう。あの鞠がわざとそれがしの前に転がされたとしたら」

「つまり、俺たちは玄吉にたばかられたということか」

「そうなりましょう。俊介どの、清水家の家紋はなんでござった」

「軍記物で読んだ記憶では、確か三頭右巴《さんとうみぎどもえ》だったような気がする」

「清水公の主君でもあった小早川隆景《こばやかわたかかげ》公からいただいたといわれる家紋ですな。先ほどの屋敷の門はちがいもうしたな。抱沢瀉《だきおもだか》だったような気がいたしますぞ」

「うむ、確かに沢瀉だった。沢瀉は長府毛利家の家紋であろう」

「ならば、あれは長府毛利家の萩屋敷でござろう」

むう、と俊介はうなり声を上げた。

「俺たちは、おまおとおかなを左京亮に引き渡してしまったのか」

即座に俊介と伝兵衛は道を引き返した。まだほんの三町ばかりしか進んでおらず、すぐに先ほどの屋敷の前に着いた。

「開門、開門」

伝兵衛が門を拳で叩く。

だが、中から応《いら》えはない。誰もいないかのような静けさを保っている。しかし、長屋門の向こう側に何人かの者がいるのは、気配からはっきりしている。

俊介はくぐり戸に体当たりをかました。

だが、くぐり戸はわずかにかしいだだけで、開く気配はない。

「塀を越えるか」

「しかし、恐ろしく高《たこ》うござる」

一丈は優にある。しかも忍び返しが設けられている。自分たちにはとても越えることなどできない。弥八がいれば話はちがうだろうが、今、おきみたちのそばにいる。

「くそっ」

俊介は歯嚙みした。伝兵衛は地団駄を踏んでいる。このままでは、おまおとおかなの身が危ない。

「俊介さん」

横合いから呼ぶ声がした。見ると、そこに立っていたのは弥八だった。信じられない。幻を見ているわけではあるまい。

「どうしてここに」

俊介はほとんど呆然としてたずねた。

「おきみに頼まれたんだ。あたしたちのことはいいから、俊介さんたちのところに行って力になってくれって。みんな、俊介さんについて胸騒ぎを覚えていてな、俺もさすがにじっとしていられなかった。しかしずいぶん捜したぜ。やっと見つかった」

意味はちがうのかもしれないが、天の配剤とはこういうことをいうのか、と俊介は感謝して思った。

「ちょうどいい。弥八、この屋敷に入り、俺たちを中に入れてくれ。逆らう者がいるだろうが、その者たちの始末は弥八に任せる」

「承知した」

その場で弥八が跳躍する。信じられないことに、手もつかずに塀の上にひらりと乗った。忍び返しのついていないところに足を無造作に置いている。

これには、俊介も瞠目《どうもく》せざるを得ない。伝兵衛も口をあんぐりと開けている。

俊介にうなずきかけて、弥八が向こう側に飛び降りた。塀越しに、人が殴られるような音が続けざまに響いてきた。

それが唐突にやんだ。

「待たせた」

くぐり戸が開き、弥八の顔がのぞいた。

俊介たちは再び屋敷内に入った。正面に宏壮な母屋が見えている。そばに四人の侍が倒れていた。ひどく殴られたようで、四人ともぴくりとも動かずに気絶している。いずれも顔を腫《は》らしていた。

「よし、行こう」

俊介たちは母屋を目指した。

ばらばらと十人近い侍があらわれ、俊介たちの前途をふさいだ。

「邪魔をするな。今度は叩き斬るぞ」

俊介は本気でいった。怒りで全身の震えを止められないくらいなのだ。

伝兵衛も侍たちをにらみつけている。

一人の侍がうつむき、そっと道をあけた。功山寺でも会った、あの痩身の侍だ。おそらく左京亮の寵臣のはずだが、主君を見限ったということか。痩身の侍が道をあけるのを見て、ほかの侍たちは一様に驚いたが、ならうように横にどいた。

俊介たちは、一気に母屋に向けて走った。土足で式台に上がり、廊下を進んだ。奥の間にやってきた。勘に過ぎないが、こっちにおまおたちがいるような気がしている。

その勘は当たった。

「きさま、俊介」

脇息を蹴るようにして立ち上がった左京亮のそばに、おまおとおかなはいたのだ。二人は縛《いまし》めをされてはいるが、怪我をしたりはしていないようだ。

おまおとおかなをすぐに殺さなかったのは、左京亮自身、きっと不埒《ふらち》な考えを抱いたからにちがいあるまい。せっかく生きたまま手の内に入ったのだから、殺すのには惜しい、と二人の美しさを目の当たりにして考えたのだろう。

俊介と伝兵衛を見て、おまおたちが歓声を上げる。

「俊介さま、伝兵衛さま」

「うるさいぞ、きさまら」

左京亮が、二人の娘を後ろに押しやった。二人がごろごろと畳を転がる。

俊介たちのほうに向き直るや、左京亮が豪奢《ごうしゃ》な拵《こしら》えの刀をすらりと抜く。投げ捨てられた鞘は、畳の上を少し動いて止まった。

刀尖を無造作に下に向け、左京亮が俊介にきく。

「我が家臣はどうした」

「そなたを見捨てた。今頃はとうにこの屋敷から退散しておろう」

左京亮が、眉根をぐっと盛り上がらせた。

「なんだと」

「まことのことだ。そなた、誰からも敬われておらぬな。哀れな男だ」

「やかましい」

足音荒く前に出てきて、左京亮が俊介をにらみつける。

「俊介、刀を捨てろ。さすれば、あの二人の命は助けてやる」

今おまおとおかなは、左京亮の近習らしい二人に捕らえられている。近習の二人は、脇差をおまおたちの喉に添えている。

「俊介、早くしろ」

捨てるべきか俊介はさすがにためらった。

そのとき、近習の後ろから飛びかかった影があった。びし、ばし、という音が響き、二人の近習はあっけなく畳に崩れ落ちた。

弥八だった。おまおとおかなの縛めを匕首《あいくち》ですばやく切るや、二人の手をつかんだ。

「こっちだ」

弥八は、おまおとおかなを座敷の外に引っ張ってゆく。

「き、きさま」

あわてて左京亮が弥八のあとを追おうとする。そこを俊介は見逃さず、飛びかかった。上段から刀を振り下ろす。

左京亮の肩のあたりに軽く傷を入れ、動けなくするつもりだったが、振り返った左京亮が俊介の斬撃を刀で弾いた。

「どうりゃあ」

刀を大きく回し、俊介に向かって逆胴を見舞ってきた。

俊介は下がってかわした。そこへ突きがきた。俊介は首を傾けてよけた。

左京亮が上段に刀を振り上げる。怒りが強すぎるのか、隙だらけになっていた。あまりの隙の多さに、左京亮が遣い手であることを忘れてしまいそうだ。もしや誘われているのではないか、と俊介は疑ったが、そんなことはないようだ。刀を小さく振り、左京亮の太ももを傷つけた。

「あっ」

左京亮が足を引っかけられたように畳に倒れる。傷口から噴き出た血が、新しい畳を汚してゆく。

立ち上がろうとして、体に力が入らないのか、左京亮は畳の上で這いずってわめく。

「き、きさま」

うらみの籠もった目で俊介を見る。

「太ももを走る太い血脈は斬っておらぬ。血止めをすれば、命に別状はあるまい」

「ならば、早く止めろ」

「御典医を呼べばよかろう」

右手の鷲が描かれた襖に向かって、左京亮が叫び出した。

「胆観《たんかん》、胆観」

だが、誰も駆けつけてくる気配はない。

「そなた、とことん家臣に愛想を尽かされているのだな」

「う、うるさい」

そのあいだにも、傷口からはおびただしい血が流れ出ている。

「仕方がない。俺が血止めしてやろう」

俊介はしゃがみ込み、畳の上の鞘を拾い上げた。鞘から下げ緒を外し、それを左京亮の太ももに巻きつけた。

「痛い」

「このくらい我慢せい」

俊介は左京亮の太ももを軽く叩いた。

「な、なにをする」

左京亮が額に脂汗をにじませてにらみつけてくる。

「そなたのために、傷ついた家臣は数多かろう。その者たちのためにも、このくらいの傷、見事にこらえてみせい」

「勝手なことをいうな」

「そなた、家臣にさんざん勝手なことをいうたのではないか」

「我が家臣ではないか。なにをいってもかまうものか」

「家臣も同じ人だとは考えたことはないのか」

「きさまは、そんな笑止なことを考えておるのか。相変わらず甘くて傲岸な男よな」

俊介は血止めを終えた。

「これでよかろう。血を失って、命をなくすことはあるまい」

「余をよくぞ助けたな」

「はなから殺す気はない」

「殺しておけばよかったと、あとできっと後悔するぞ」

「そんなことはない」

俊介は冷ややかに左京亮を見やった。

「なぜなら、そなたは俺の敵ではないからだ」

「なんだと」

憤怒をあらわに左京亮が顔を近づける。

「きさま、思い上がりおって」

「悔しいか。だが、そなたはもうおしまいだ」

俊介は左京亮の懐に手を入れた。案の定、一通の手紙がしまってあった。

それをつかみ、抜き出した。

「あっ、なにをする。返せ」

左京亮が取り返そうとする。俊介は容赦なく顔を殴りつけた。がつ、という音とともに、左京亮が畳にくずおれる。

「これは、本物の清水美作守どのに渡すことにいたそう。どんなことが書いてあるか、楽しみだ」

畳の上で左京亮が怪訝《けげん》そうに俊介を見る。

「その手紙を読んでおらぬのか」

「当たり前だ。人の手紙を読むことほど、悪趣味な真似はなかろう」

「そうか、きさまは読まんのか。とことん甘い男よな」

「そなたは甘くない男か。だが、今の自らの姿を見てみよ。甘くない男が甘い男に徹底してやられているではないか」

「勝負はときの運よ」

左京亮が強がる。俊介はかぶりを振った。

「だがそなたが、ときを味方につけることはまずあるまい。勝負の神に最も嫌われている男であろうからな。こたびも、おまおとおかなを害そうとしてことごとくしくじったのは、勝負の神に嫌われているからだと考えたことはなかったか」

「あるわけがない」

「そのあたりから直せば、少しは運が向いてくるかもしれぬぞ」

なにもいわず、左京亮がうつむく。

「痛いのか」

「痛くはない。ただ、疲れた」

俊介も正直、疲れている。いま布団に横になれたらどんなに幸せだろう。

「左京亮、きいてもよいか」

「なにを」

「いろいろだ」

「種明かしをしてほしいのか」

「まあ、そういうことだ」

よかろう、と左京亮がいう。

「どこからはじめる」

「最初からだ。なにゆえ若松屋に押し込み、主人夫婦を殺した」

「それはもう知っているだろう。若松屋を我が物にするためだ」

「我が物にしたあとは」

「抜け荷よ」

「品物はなんだ」

「金と銀だ」

「金と銀だと」

「そうだ。きさまは知らぬだろうな。この国では金と銀の価値は同じだが、異国では金の価値のほうが十倍も高いのだ」

「なに」

俊介は初耳だ。そうなのか、という顔を伝兵衛がする。

「つまりこの国の金を異国に持ち出すと、十倍の銀になって戻ってくるのだ。一の金が十の銀になる」

「それが、きんいちという言葉の意味か」

「糸吉が死ぬ間際にしゃべったらしいな。そういうことだ。一の金を十の銀にしてこの国に帰る。この国では、十の銀は十の金になる。その十の金を異国に持ってゆく。すると、百の銀になる。それをまたこの国で金と交換する。百の金になる。それを異国に持ってゆく。その繰り返しだ」

「まさに濡れ手に粟だな」

「こんなにおいしい商売、余はほかに知らぬ」

「それを若松屋にやらせようとしていたのか」

「いや、この商売は若松屋がはじめたのだ。おまおやおかなの父親だ」

左京亮がすぐに続ける。

「あまりに若松屋が肥え太ってゆくので、余は不審に思った。それで探りを入れさせた。そうしたら、抜け荷をしておった。あの男、余にこの商売を認めるようにいってきおった」

「認めたのか」

「儲けの半分をよこせというてな」

「若松屋はのんだのか」

「のんだ」

「それなのに、どうして殺した」

「いうことをきかなくなったからだ。余が六四にせいというても、まったく聞き耳を持たなんだ」

「だから殺したのか」

「後釜には、従順な糸吉を据えればよいとわかっていたゆえな」

俊介は一息ついた。

「なぜおまおとおかなは清水家を頼ろうとした。清水家はそなたと敵対しているのか」

「仲はよくない。清水美作は、なんとかして余を蹴落としてやろうといろいろと企んでおる。もし余が抜け荷を黙認していた若松屋に押し込みをさせたなどとわかれば、余を追い落とすための格好の口実を与えることになる。おまおとおかなの萩行きを阻止するのは、どうだ、当然のことであろう」

「そのためにさまざまな者が命を落とした」

「弱い者は死ねばよい。それが世の摂理というものだろう」

「ならば、うぬも死ぬか」

俊介は瞳をぎらつかせた。

「余を殺すのか」

「殺さぬ。弱い者を殺しても仕方あるまい」

「余が弱い者だと」

「ちがうか」

「余は弱くなどない」

　左京亮がいい放つ。

「金をほしがったのも、この国の海防のためだ。海防はとにかく金がかかるのだ。いくらあっても足りぬ。だから余はいろいろとしてのけたのだ」

「理想のためなら人を殺してもよい。その考えが俺にはさっぱりわからぬ」

「わからずともよい。余は負けぬぞ。これからも理想に向かって突っ走ってみせよう」

「もはやそれはできまい。うぬは、毛利領内のどこかに押し込めになろう」

　くっ、とうなって左京亮が押し黙る。

「その男、これからどうしますか」

　そばに寄ってきて、伝兵衛が問う。

「本物の清水美作守のもとに連れてゆく。手紙も渡さねばならぬ。左京亮とのことや抜け荷のことが、つまびらかに記されているのであろう」

本物の清水美作守は篤実そうな男だった。

まさに清水宗治の末裔というにふさわしい侍である。

俊介は身分を告げて、すべての始末を清水美作守に任せた。

「ほう、真田家の若殿でござるか――。承知つかまつった。毛利左京亮どのの身柄は、それがしが責任を持って承った」

「よろしく頼む」

「俊介さま」

清水美作守が呼びかけてきた。

「我が殿にお会いになっていかれぬか」

微笑して、俊介は首を振った。

「お目にかかりたいのは山々なれど、それがしは、本来はここにいてはならぬ者。やはりお目にかからずこのまま旅立つほうがよいと存ずる」

「さようか。ならば、無理にお引き止めはいたしますまい」

その後、清水美作守に紹介してもらった目医者に両目を診てもらい、なんら問題なし、と太鼓判を押してもらった。それから文を書き、綾木宿の宿場役人の屋敷に世話になっている鐘七のもとへ飛脚を走らせた。

翌日の夜明け前、俊介と伝兵衛は意気揚々と萩往還を南に向かった。

だが、その前に立ちはだかるように一人の侍があらわれた。明木宿の手前だった。

「秋枝どのではないか」

俊介は喜びの声を上げたが、永兵衛の厳しい顔を見て、口を閉じざるを得なかった。

「俊介どの、お命をいただく」

神官のような厳かな口調でいわれて、俊介は目をみはった。

「秋枝どの、なにをいっておる」

「主命でござる」

「主命だと。そなたのあるじはすでに囚《とら》われの身となったぞ」

「知っておりもうす」

「だったら、なにゆえやらねばならぬ」

「侍というのは、主君に仕える者をいうのでござろう。暗愚な主君といえども、さんざんに叩きのめされ、辱《はずかし》めを受けるのを目の当たりにすれば、哀れみを覚え、仇を討ちたくなるのは、自然なことと申せましょう」

「左京亮に哀れみを覚えたというのか」

「あのような男でも、我が主君。受けた辱めを返すのは、家臣のつとめ。しかも一人として殉《じゅん》ずる者がおらぬとはあまりに哀れで、それがし、涙が出もうした」

「秋枝どの、まことにやる気なのか」

無言で永兵衛がうなずいた。思いついたように言葉を発する。

「実はそれがし、俊介どのを討てば、町奉行にしてやるといわれもうした。しかし、そのようなことは正直どうでもよかった。それがし、町奉行なりたさに俊介どのを討たんとは、一度たりとも考えたことはござらぬ」

「それが今は殺すというのか。すべて解決した今になって」

「そういうことにござる」

感情を感じさせない顔で永兵衛が答えた。

「くどいようだが、秋枝どの、どうしてもやるというのか」

「さよう。不浄役人といえども、それがしも長府毛利家の一員だったようにござる。意外な感情の噴き上がりに、それがし自身、ちと戸惑っているのでござるが」

「ならば、仕方あるまい」

俊介は前に出ようとした。それを伝兵衛がさえぎる。

「俊介どの、それがしが秋枝どのの相手をつかまつる」

きっぱりといって、伝兵衛が進み出た。

「もし先に俊介どのが殺られたら、それがしは秋枝どのを殺し、腹を切って死ぬしかない。ならば、先に秋枝どのの相手をつかまつりたい。秋枝どのは主君のために戦うという。ならば、それがしも同じ理由で戦いとうござる」

「気持ちはよくわかった」

「伝兵衛どの、よい覚悟にござる」

伝兵衛を見て、永兵衛が褒め称える。

「それは、それがしがおぬしの相手をしてもよいということでござるな」

「御意」

「ありがたし。ここでやるのか」

「そちらに無住の神社がござる。人けもないゆえ、格好の場所と存ずる」

俊介たちはその神社の境内に入った。

伝兵衛が永兵衛の前に進む。刀を抜く気配はない。柄に手を置き、そっと腰を落とす。

――居合か。

俊介自身、伝兵衛の居合というのは初めて見る。どきどきする。自身で戦ったほうが、ずっと楽な感じだ。

伝兵衛は、と俊介は思った。俺が戦うのをこんな気持ちでずっと見守っていたのだな。相当の心労だっただろう。

すまなかったな、と俊介は心中で伝兵衛に謝った。

永兵衛は刀を抜き、正眼に構えた。

それからどのくらいのときが経過したか。俊介には一瞬だったような気もするし、四半刻ばかりが過ぎたような気もした。

えいやあっ。腹に響くような気合を放った永兵衛が深く踏み込み、刀を袈裟懸けに振るっていった。そのあまりの鋭さに、俊介は自分が斬られるかのような戦慄を覚えた。

同時に抜刀した伝兵衛の腕が、扇子を手にした舞のような動きを見せた。

次の瞬間、ぐっ、と息の詰まった声を永兵衛が発した。永兵衛の両腕が斬られ、ぽとりと落ちた。地面に転がった二つの手は刀を握ったままだ。

力尽きたように永兵衛が両膝を突いた。

「とどめを」

すがるような目で、永兵衛が伝兵衛に懇願する。

「承知」

伝兵衛は永兵衛の後ろに回り、首筋に刃を刺し入れた。

うっ。その声と同時に永兵衛が前のめりに倒れた。両腕からおびただしい血を流しつつ、それきりぴくりともしなかった。

「伝兵衛」

俊介は駆け寄った。

伝兵衛がよろけた。

「大丈夫か」

「大丈夫ではござらぬ」

伝兵衛は息も絶え絶えだ。

「今の勝負に全身全霊を打ち込みもうした。もう一滴たりとも、それがしの泉には水が残っておりもうさぬ」

三

窓から身を乗り出して、弥八が手を振っている。

「あの旅籠のようでござる。俊介どの、弥八の姿が見えておりもうすか」

「もちろんだ」

もうじき良美やおきみ、勝江に会えると思うと、胸が一杯になる。

伸び上がった伝兵衛が手を振り返す。

「まったく弥八のやつめ、急にいなくなったと思ったら、一人でいち早く宮市に帰っておったとはの」

「俺たちの無事を、おきみたちに一刻も早く伝えたかったのだろう」

「しかし、もし我らが秋枝どのに殺られていたら、どうなっていたことか」

自分たちが、あの神社に骸《むくろ》をさらしているというようなことはまずないだろう。永兵衛は必ず丁重に葬ってくれたはずだ。だが、おきみたちに俊介たちが死んだというつなぎが取られることは、なかったにちがいあるまい。

おきみたちは、帰ってこない俊介たちを待って、延々と旅籠に逗留することになったのか。それとも、捜し出すために萩へ向かっただろうか。

いや、もうそのようなことを考える必要はない。自分たちはこうして生きているのだ。永兵衛の遺骸はあの神社の裏に埋めてきた。つらい作業だった。永兵衛にも妻や子はいるはずなのだ。あそこに死骸があることを、どうやって伝えればよいのか。

「俊介さん、伝兵衛さん」

西国街道をこちらに走ってくる小さな影があった。

「おきみ坊」

腰を落とした伝兵衛が両手を広げて待ち構える。それをすり抜けて、おきみは俊介の胸に飛び込んできた。

「あれま」

「俊介さん、会いたかったよ」

「おきみ、俺もだ」

俊介はおきみを抱き上げ、高々と掲げた。

こらえきれず、おきみはえんえんと声を上げて泣いている。

「よかったよ、俊介さん、無事で。心配したんだよ」

「すまなかったな、心配かけて。こうして帰ってきた。とにかく、おまおとおかなは無事に送り届けた。あとでどんなことがあったか、全部教えてやろう」

俊介はおきみを強く抱きしめた。甘いいい香りがする。

「俊介さん」

柔らかな声が聞こえ、俊介ははっとしてそちらを見た。

「良美どの」

俊介はおきみを抱いたまま、良美を見つめた。良美が潤んだ瞳で見つめ返してくる。

「また会えた」

良美がそっとつぶやく。

「うむ、また会えたな」

俊介は万感の思いを込めていった。

翌朝の夜明け前、宮市の旅籠大川屋を出た直後、一見してそれとわかるやくざ者が提灯を手に俊介に寄ってきた。

俊介は一瞬、腰を落としかけた。

「俊介さまですかい」

「うむ、そうだが、おぬしは」

やくざ者がほっとした顔を見せる。

「よかった。本当に教えられた通りの人相の人だ」

やくざ者が独り言のようにいう。

「あっしは宮市宿に縄張を持つ勢太《せいた》一家の文吉《ふみきち》といいうしがないやくざ者ですが」

「それがなんの用かな」

「俊介さまは、江戸の親分で昇之助さんをご存じですかい」

「うむ、知っているぞ。用心棒として出入りにも出たことがある」

「さようですかい。親しいんですね。おきみちゃんというのは、その子ですかね」

文吉の目がおきみに向く。

「そうだ」

「おきみちゃんのおっかさんは、おはまさんでまちがいありませんかい」

「うむ、まちがいない」

「おっかさんがどうかしたの」

おきみにきかれた文吉が、膝を折って同じ高さになる。

「実は、昇之助親分から知らせが届いたんだ。なんでも、おはまさんが危篤だそうだ。だからおきみちゃんは急ぎ江戸へ帰らなきゃいけないって話だ。昇之助親分は、西国街道筋すべてのやくざ者に、同じ文を回したんでさ」

「おきみ、今から船で帰れ」

俊介は強い調子で命じた。

「えぇっ」

おきみが悲鳴のような声を上げる。

「おきみ、なにをためらっているのだ。一刻も早く帰って、芽銘桂真散《がめいけいしんさん》をおはまにのませてやるんだ」

それを聞いた伝兵衛がなにか決意をかためたような顔になった。

「俊介さん、あたし一人で帰るの」

 まだ六歳の女の子だ。さすがに心細そうな顔になっている。俊介もついていってやりたいが、そういうわけにはいかない。自分は似鳥幹之丞を追わねばならない。

「せっかく俊介さんと一緒になったのに」

おきみはしくしくと泣きはじめた。

「俊介どの、それがしがおきみ坊と一緒に行きましょう」

優しいじいさまのような顔で、伝兵衛が申し出る。

「よいのか」

「もちろんでござる。おきみ坊の面倒は、それがしが見ることに決まっているのでござるよ」

「でも伝兵衛さん、俊介さんのことはいいのか」

弥八にいわれ、伝兵衛が目を向ける。

「弥八、そなたに俊介どののことは頼む」

「俺でよいのか」

頬をゆるませて伝兵衛がにっとする。

「わしに比べたらちと頼りないが、おぬしの技量は本当にすばらしい。必ず俊介どのを守ってくれると信じておる」

「よし、わかった。この命に替えても、俊介さんを守ろう」

「頼む」

「弥八、俺のために一つしかない命を捨てることはないぞ」

「わかってないな、俊介さん」

にやりと笑い、弥八が肩を叩いてきた。

「男には、深い信頼に応えるために、命を捨ててかからねばならないときがあるんだ」

「弥八、よういうた」

伝兵衛が満面の笑みになる。

「その言葉を聞いた今、わしは全幅の信頼をおいて、おぬしに俊介どのを預けられる」

宮市の南に位置する三田尻湊から、昼前に大坂行きの船が出ることが知れた。

おきみと伝兵衛は、あわただしくその船に乗った。

「よいか、大坂で江戸行きの船に乗り換えるのだぞ」

垣立《かきだつ》につかまっているおきみと伝兵衛に、俊介は大声でいった。

「わかっておりもうす」

手で筒をつくって伝兵衛が返す。

「俊介さん、道中、気をつけてね。似鳥なんかにやられちゃ駄目よ」

「わかっている。おきみ、あのような男に決してやられはせぬ」

叫んで俊介は大きく手を振った。

「おきみ、伝兵衛、江戸で会おう」

「必ずだよ」

おきみは、また泣きそうな顔になっている。伝兵衛は必死に歯を食いしばって涙を耐えている。

俊介はもう泣いていた。悲しければ泣いたほうがいいに決まっている。我慢することはないのだ。

その俊介の思いが通じたのか、伝兵衛が涙をこぼしはじめた。

船が動き出した。帆が風を受けて大きくふくらんでいる。

「よい風だな」

それを見て弥八がいった。

「順風満帆というやつだ。この風が続けば、あっという間に大坂へ着こう」

風に押されて船はぐんぐん速度を上げ、あっという間に小さくなった。

「もうあんな遠くに」

寂しそうに良美がつぶやく。

「おきみちゃんたちに、いつまた会えるのかしら」

「すぐに会えるさ」

俊介は潮風を一杯に吸った。

「よし、俺たちも行くとするか」

三田尻湊をあとにして、俊介たちは西国街道を東に歩き出した。

昼がいちばん長い時季ということもあり、三田尻湊からほぼ七里を踏破し、俊介たちは徳山《とくやま》宿にやってきた。

ここは徳山毛利家の城下町である。

井筒《いづつ》屋という旅籠を今宵の宿とした。

「おきみちゃんたち、今頃、どこまで行ったかしら」

夕餉のとき、良美が遠くを見る目をした。

「船は夜通し走るとはいえ、まだそんなには進んではいないだろうな」

弥八も、おきみたちのことが気がかりという顔つきだ。

「おきみちゃんがいないと、夕食もなにか味気ないですね」

勝江が元気のない声でこぼす。

「確かにこの吸い物も、あまりうまく感じぬな。なにか妙な味だ」

変だな、とは思ったものの、俊介は鯛《たい》の吸い物をさらにすすった。

途端に気分が悪くなった。胸のあたりが痛い。胃の腑《ふ》がせり上がってくる。

「ど、毒だ」

喉に手を突っ込み、俊介は吐こうとしたが、腕がしびれ、力が入らない。急になにも見えなくなり、あたりが真っ暗になった。

畳に頭を打ちつけたのを俊介は知った。

「俊介さまっ」

良美の悲痛な叫び声が、俊介の耳に残った最後の言葉だった。

著作リスト

	作品名	出版社名	出版年月	判型	備考
1	『義元謀殺 上 下』	角川春樹事務所	○○年三月 ○一年九月	四六判ハードカバー ハルキ文庫	第一回 角川春樹小説賞 特別賞
2	『血の城』	角川春樹事務所 徳間書店	○○年十月 ○七年十月	四六判ハードカバー 徳間文庫	
3	『飢狼の剣』	角川春樹事務所	○一年六月	ハルキ文庫	
4	『闇の剣』	角川春樹事務所	○二年三月	ハルキ文庫	
5	『怨鬼の剣』	角川春樹事務所	○二年十一月	ハルキ文庫	
6	『半九郎残影剣』	角川春樹事務所	○三年四月	ハルキ文庫	
7	『半九郎疾風剣』	角川春樹事務所	○三年九月	ハルキ文庫	
8	『手習重兵衛 闇討ち斬』	中央公論新社	○三年十一月	中公文庫	

9	『水斬の剣』 『新兵衛捕物御用　水斬の剣』	角川春樹事務所 徳間書店	〇三年十二月 一一年六月	ハルキ文庫 徳間文庫	
10	『手習重兵衛　梵鐘《ぼんしょう》』	中央公論新社	〇四年一月	中公文庫	
11	『手習重兵衛　暁闇』	中央公論新社	〇四年三月	中公文庫	
12	『魔性の剣』	角川春樹事務所	〇四年四月	ハルキ文庫	
13	『夕霧の剣』 『新兵衛捕物御用　夕霧の剣』	角川春樹事務所 徳間書店	〇四年九月 一一年八月	ハルキ文庫 徳間文庫	
14	『手習重兵衛　刃舞《やいばまい》』	中央公論新社	〇四年九月	中公文庫	
15	『烈火の剣』	角川春樹事務所	〇四年十二月	ハルキ文庫	
16	『父子《おやこ》十手捕物日記』	徳間書店	〇四年十二月	徳間文庫	
17	『父子十手捕物日記　春風そよぐ』	徳間書店	〇五年一月	徳間文庫	
18	『父子十手捕物日記　一輪の花』	徳間書店	〇五年二月	徳間文庫	

19	『手習重兵衛　道中霧』	中央公論新社	〇五年三月	中公文庫	
20	『手習重兵衛　天狗変』	中央公論新社	〇五年四月	中公文庫	
21	『稲妻の剣』	角川春樹事務所	〇五年六月	ハルキ文庫	
22	『口入屋用心棒　逃げ水の坂』	双葉社	〇五年七月	双葉文庫	
23	『角右衛門の恋』	中央公論新社	〇五年九月	中公文庫	
24	『白閃《びゃくせん》の剣』 『新兵衛捕物御用　白閃の剣』	角川春樹事務所 徳間書店	〇五年九月 一一年十月	ハルキ文庫 徳間文庫	
25	『父子十手捕物日記　蒼《あお》い月』	徳間書店	〇五年九月	徳間文庫	
26	『口入屋用心棒　匂い袋の宵《よい》』	双葉社	〇五年十月	双葉文庫	
27	『無言殺剣　大名討ち』	中央公論新社	〇五年十一月	中公文庫	
28	『陽炎《かげろう》の剣』	角川春樹事務所	〇五年十二月	ハルキ文庫	

29	『口入屋用心棒　鹿威《ししおど》しの夢』	双葉社	〇六年一月	双葉文庫	
30	『父子十手捕物日記　鳥かご』	徳間書店	〇六年二月	徳間文庫	
31	『無言殺剣　火縄の寺』	中央公論新社	〇六年三月	中公文庫	
32	『凶眼　徒目付久岡勘兵衛』	角川春樹事務所	〇六年四月	ハルキ文庫	
33	『口入屋用心棒　夕焼けの甍』	双葉社	〇六年五月	双葉文庫	
34	『父子十手捕物日記　お陀仏坂』	徳間書店	〇六年六月	徳間文庫	
35	『無言殺剣　首代一万両』	中央公論新社	〇六年六月	中公文庫	
36	『口入屋用心棒　春風の太刀』	双葉社	〇六年八月	双葉文庫	
37	『無言殺剣　野盗薙ぎ』	中央公論新社	〇六年九月	中公文庫	
38	『暁の剣』 『新兵衛捕物御用　暁の剣』	角川春樹事務所 徳間書店	〇六年九月 一一年十二月	ハルキ文庫 徳間文庫	

39	『父子十手捕物日記　夜鳴き蝉』	徳間書店	〇六年十一月	徳間文庫	
40	『無言殺剣　妖気の山路』	中央公論新社	〇六年十一月	中公文庫	
41	『口入屋用心棒　仇討ちの朝』	双葉社	〇六年十一月	双葉文庫	
42	『定廻り殺し　徒目付久岡勘兵衛』	角川春樹事務所	〇七年一月	ハルキ文庫	
43	『父子十手捕物日記　結ぶ縁』	徳間書店	〇七年二月	徳間文庫	
44	『口入屋用心棒　野良犬の夏』	双葉社	〇七年三月	双葉文庫	
45	『無言殺剣　獣散る刻《とき》』	中央公論新社	〇七年四月	中公文庫	
46	『父子十手捕物日記　地獄の釜』	徳間書店	〇七年六月	徳間文庫	
47	『錯乱　徒目付久岡勘兵衛』	角川春樹事務所	〇七年六月	ハルキ文庫	
48	『口入屋用心棒　手向けの花』	双葉社	〇七年七月	双葉文庫	

49	『郷四郎無言殺剣　妖かしの蜘蛛』	中央公論新社	○七年八月	中公文庫	
50	『遺恨　徒目付久岡勘兵衛』	角川春樹事務所	○七年九月	ハルキ文庫	
51	『口入屋用心棒　赤富士の空』	双葉社	○七年十一月	双葉文庫	
52	『父子十手捕物日記　なびく髪』	徳間書店	○七年十二月	徳間文庫	
53	『宵待の月』	幻冬舎	○七年十二月	幻冬舎文庫	
54	『郷四郎無言殺剣　百忍斬り』	中央公論新社	○七年十二月	中公文庫	
55	『下っ引夏兵衛　闇の目』	講談社	○八年一月	講談社文庫	
56	『口入屋用心棒　雨上りの宮』	双葉社	○八年三月	双葉文庫	
57	『天狗面　徒目付久岡勘兵衛』	角川春樹事務所	○八年三月	ハルキ文庫	
58	『父子十手捕物日記　情けの背中』	徳間書店	○八年五月	徳間文庫	

59	『郷四郎無言殺剣　正倉院の闇』	中央公論新社	〇八年五月	中公文庫	
60	『郷四郎無言殺剣　柳生一刀石』	中央公論新社	〇八年七月	中公文庫	
61	『下っ引夏兵衛　関所破り』	講談社	〇八年七月	講談社文庫	
62	『口入屋用心棒　旅立ちの橋』	双葉社	〇八年八月	双葉文庫	
63	『相討ち　徒目付久岡勘兵衛』	角川春樹事務所	〇八年九月	ハルキ文庫	
64	『父子十手捕物日記　町方燃ゆ』	徳間書店	〇八年十月	徳間文庫	
65	『父子十手捕物日記　さまよう人』	徳間書店	〇八年十一月	徳間文庫	
66	『口入屋用心棒　待伏せの渓』	双葉社	〇九年二月	双葉文庫	
67	『口入屋用心棒　荒南風《あらはえ》の海』	双葉社	〇九年五月	双葉文庫	
68	『下っ引夏兵衛　かどわかし』	講談社	〇九年五月	講談社文庫	

69	『裏切りの姫　大脱走』	中央公論新社	〇九年六月 一二年六月	四六判ソフトカバー 中公文庫	
70	『父子十手捕物日記　門出の陽射し』	徳間書店	〇九年七月	徳間文庫	
71	『女剣士　徒目付久岡勘兵衛』	角川春樹事務所	〇九年七月	ハルキ文庫	
72	『口入屋用心棒　乳香児の瞳《め》』	双葉社	〇九年八月	双葉文庫	
73	『からくり五千両　徒目付久岡勘兵衛』	角川春樹事務所	〇九年九月	ハルキ文庫	
74	『湖上の舞』	朝日新聞出版	〇九年十月	朝日文庫	
75	『手習重兵衛　母恋い』	中央公論新社	〇九年十月	中公文庫	
76	『手習重兵衛　夕映え橋』	中央公論新社	〇九年十二月	中公文庫	
77	『父子十手捕物日記　浪人半九郎』	徳間書店	〇九年十二月	徳間文庫	
78	『口入屋用心棒　腕試しの辻』	双葉社	一〇年三月	双葉文庫	

79	『手習重兵衛 隠し子の宿』	中央公論新社	一〇年四月	中公文庫	
80	『闇の陣羽織』	祥伝社	一〇年四月	祥伝社文庫	
81	『父子十手捕物日記 息吹《いぶ》く魂』	徳間書店	一〇年五月	徳間文庫	
82	『忍び音』	幻冬舎	一〇年五月	四六判ソフトカバー	
83	『罪人の刃 徒目付久岡勘兵衛』	角川春樹事務所	一〇年六月	ハルキ文庫	
84	『手習重兵衛 道連れの文』	中央公論新社	一〇年七月	中公文庫	
85	『にわか雨』	徳間書店	一〇年八月 一二年六月	四六判ソフトカバー 徳間文庫	
86	『口入屋用心棒 裏鬼門の変』	双葉社	一〇年八月	双葉文庫	
87	『口入屋用心棒 火走りの城』	双葉社	一〇年九月	双葉文庫	
88	『徒目付失踪 徒目付久岡勘兵衛』	角川春樹事務所	一〇年十月	ハルキ文庫	

89	『父子十手捕物日記　ふたり道』	徳間書店	一〇年十一月	徳間文庫
90	『父子十手捕物日記　夫婦笑み』	徳間書店	一〇年十二月	徳間文庫
91	『口入屋用心棒　平蜘蛛の剣』	双葉社	一一年二月	双葉文庫
92	『口入屋用心棒　毒飼いの罠』	双葉社	一一年五月	双葉文庫
93	『手習重兵衛　黒い薬売り』	中央公論新社	一一年六月	中公文庫
94	『大江戸やっちゃ場伝1　大地』	幻冬舎	一一年八月	幻冬舎文庫
95	『惚れられ官兵衛謎斬り帖　野望と忍びと刀』	祥伝社	一一年九月	祥伝社文庫
96	『口入屋用心棒　跡継ぎの胤』	双葉社	一一年九月	双葉文庫
97	『手習重兵衛　祝い酒』	中央公論新社	一一年十月	中公文庫
98	『口入屋用心棒　闇隠れの刃』	双葉社	一一年十二月	双葉文庫

99	『大江戸やっちゃ場伝2　胸突き坂』	幻冬舎	一二年二月	幻冬舎文庫	
100	『若殿八方破れ』	徳間書店	一二年二月	徳間文庫	
101	『若殿八方破れ　木曽の神隠し』	徳間書店	一二年三月	徳間文庫	
102	『口入屋用心棒　包丁人の首』	双葉社	一二年四月	双葉文庫	
103	『若殿八方破れ　姫路の恨み木綿』	徳間書店	一二年七月	徳間文庫	
104	『口入屋用心棒　身過ぎの錐』	双葉社	一二年七月	双葉文庫	
105	『裏江戸探索帖　悪銭』	角川春樹事務所	一二年八月	ハルキ文庫	
106	『若殿八方破れ　安芸の夫婦貝』	徳間書店	一二年九月	徳間文庫	
107	『口入屋用心棒　緋木瓜の仇』	双葉社	一二年十一月	双葉文庫	
108	『若殿八方破れ　久留米の恋絣』	徳間書店	一二年十二月	徳間文庫	

109	『口入屋用心棒　守り刀の声』	双葉社	一三年二月	双葉文庫	
110	『若殿八方破れ　萩の逃れ路』	徳間書店	一三年四月	徳間文庫	

この作品は徳間文庫のために書下されました。

徳間文庫

若殿八方破れ

萩《はぎ》の逃《のが》れ路《みち》

2013年4月15日 初刷

著者 鈴《すず》木《き》英《えい》治《じ》
発行者 岩渕徹
東京都港区芝大門二―二―二 〒105―8055
発行所 株式会社徳間書店
電話 編集〇三(五四〇三)四三四九
販売〇四八(四五一)五九六〇
振替 〇〇一四〇―〇―四四三九二
印刷 図書印刷株式会社
製本 図書印刷株式会社

ISBN978-4-19-893669-3 (乱丁、落丁本はお取りかえいたします)